Kindheit gesucht. Schatz gefunden.

Eine wahre Geschichte,

erzählt von Doris Dieterle

edition text handwerk

Text, Bilder und Aquarelle:
Doris Dieterle

Coverbild:
Doris Dieterle

Umschlaggestaltung:
www.design-text-aachen.de

Lektorat:
www.edition-texthandwerk.de

Herstellung und Verlag:
BoD – Books on Demand, Norderstedt

ISBN:
978-3-7578-2813-4

Kindheit gesucht. Schatz gefunden

Eine wahre Geschichte, erzählt von Doris Dieterle

Inhalt

Vorwort

Gesucht!

Als ich heute Morgen nach dem Einkaufen im Supermarkt mit meinem vollgeladenen Einkaufswagen Richtung Ausgang fuhr, blieb mein Blick an dem Schwarzen Brett hängen. Eine große Tafel, links neben den Kassen auf dem Weg zum Ausgang. Daran waren verschiedenen Zettel mit den unterschiedlichsten Nachrichten geheftet. Auf der einen Seite stand oben in fetten Buchstaben »biete«, auf der anderen Seite »suche«.

Die Suchanzeigen fesselten meine Aufmerksamkeit. Ich ging näher ran und las interessiert, was die Menschen alles suchten. »Suche neuen Job« stand da, oder »Suche neue Wohnung«. Darunter hingen Zettel mit kleinen, vorgeschnittenen Streifen, auf denen Name und Anschrift der betroffenen Person standen, die man abreißen und mit nach Hause nehmen konnte.

In Zeitungen und Gemeindeblättern suchen Menschen nach Wohnwagen, Fahrrädern, einem Klavier und sogar einer neuen Liebe und an Bäumen findet man Zettel, wenn Menschen nach dem entlaufenen Kater suchen oder dem Wellensittich, der davongeflogen ist.

In manchen Fällen hat die Suche Erfolg. Oft aber bleibt die Suche auch erfolglos. Wir bekommen nicht, was wir suchen. Und was wir sehnsüchtig vermissen, bekommen wir nie mehr zurück. Aber sollten wir deshalb den Versuch aufgeben, das Verlorene zu suchen?

In diesem Buch mache ich mich auf die Suche nach meiner verlorenen Kindheit.

Dass ich sie verloren habe, ist mir erst in meinen späten Jahren klar geworden.

Dass ich eine Sehnsucht danach habe, das Verlorene wieder zu finden, dauerte wiederum seine Zeit.

Dann aber siegte die Neugier und ich machte mich auf die Suche.

Dank sei Dir, der Du mir Süße bist
und Ehre und Zuversicht,
mein Gott!
Dank sei Dir für Deine Gaben!
Aber Du erhalte sie mir!
Denn so nur wirst Du mich erhalten
und mehren wird sich
und vollenden,
was Du mir gegeben und ich werde selber sein,
seiend mit Dir;
denn auch, dass ich sein soll,
das hast Du mir gegeben.

Zitat aus Augustinus–Bekenntnissen

Die Entscheidung

Ich habe nie aufgehört, dich zu lieben.
Ich bin dir treu wie am ersten Tag.

Jeremia 31,3

Ich befand mich mutterseelenallein in einem riesigen, stockfinsteren Raum.

Meine Schritte hallten durch die Leere. Weit oben musste die Decke sein, die man nicht sehen konnte, aber der Klang wurde weit nach oben getragen. Hinter mir, rechts und links befanden sich dunkle, kahle, nackte Wände und meine Füße bewegten sich automatisch auf eine Glaswand zu, die sich direkt vor mir befand und die mich magisch anzog. Statt einem Gemäuer befand sich vor mir eine dicke, hohe, durchsichtige Scheibe. Ähnlich den Glasscheiben in den großen Aquarien, hinter denen man ungestört die Fische in ihrer Umgebung unter Wasser beobachten kann. Keine Chance hin- oder herüberzukommen.

Obwohl dahinter alles hell erleuchtet war, drang davon kaum ein Lichtstrahl zu mir in den finsteren Raum. Gespannt starrte ich auf diese Glasscheibe und drückte meine Nase auf die glatte Oberfläche, so wie es kleine Kinder bei ihren Zoobesuchen machen, ohne mich darum zu scheren, wie viele Menschen vor mir hier vielleicht schon ihre schmutzigen Fingerabdrücke hinterlassen hatten. Wie man auf ein unterirdisches Aquarium schaut, in dem die Fische schwimmen oder Pinguine in ihrem Umfeld watscheln. Tiere, die unbeschwert in ihrer natürlichen Umgebung leben und nichts davon ahnen, dass sie durch eine Scheibe von Menschen beobachtet und angeglotzt werden. Aber nur so konnte ich alles genau beobachten.

Und was ich da sah, weckte in mir eine geballte Ladung völlig unterschiedlicher Emotionen und Gefühle, die mir mit einem Schlag die Tränen ins Gesicht trieben.

Hinter der großen, breiten Scheibe herrschte ein reges Treiben. Aber statt der Tiere entdeckte ich Menschen. Dort, auf der anderen, hellen Seite, fand das pure Leben (der Gemeinde) statt. Schön, friedlich, hell, sonnig, ein Leben, das man sich wünscht. Kinder, Erwachsene, Männer und Frauen waren miteinander unterwegs, waren im Gespräch und miteinander beschäftigt. Ich hatte nur den einen Wunsch: Ich wollte dazugehören. Ich wünschte mich mitten in diese Menschen hinein. Mitten ins Leben.

Andererseits war da auch eine Angst vor diesen Menschen, die mich nicht sehen konnten und das Gefühl, doch auf der sicheren Seite zu sein, hier, hinter dieser dicken Scheibe. Hier konnte mir nichts geschehen. Die widersprüchlichen und so gegensätzlichen Empfindungen zerrissen mich schier innerlich und wühlten mich auf.

Ich konnte nicht verstehen, was geredet wurde. Und niemand auf der anderen Seite konnte mich sehen oder hören. Eine ganze Weile blieb ich stehen und schaute dem Treiben zu, während mir unaufhörlich die Tränen über das Gesicht liefen und meinen Blick verschleierten.

Die ganze Szene war so intensiv und das Erleben so real, dass ich das Gefühl hatte, es sei eine halbe Stunde oder mehr vergangen, so deutlich nahm ich jede Kleinigkeit in mir auf. In Wahrheit konnten lediglich ein paar Minuten vergangen sein.

Dann holte mich blitzartig die Realität ein und mir wurde mit einem Schlag bewusst, wo ich mich in Wirklichkeit befand. Noch hielt ich die Augen geschlossen und befand mich in Gedanken weiterhin in dem dunklen, finsteren Raum.

Sekunden später war mein Einsatz gefragt.

Nur langsam kehrte ich von dem eben Erlebten in die Realität zurück. Noch war mein Blick leicht verschleiert von der Flüssigkeitsansammlung in meinen Augen und einige Tropfen hingen an meinen Wimpern. Sie glitzerten verdächtig im hellen Licht.

Es war ein Sonntagmorgen und ich hatte im Gottesdienst die Aufgabe der Moderation. Heute war Abendmahlgottesdienst und damit viel Zeit zum Singen, Beten und Denken. Ich nutzte die Zeit, um mit geschlossenen Augen innerlich zur Ruhe zu kommen. Das Lobpreisteam hatte soeben die letzten Lieder gespielt und ich sollte die Gemeinde mit einem Segen verabschieden.

Aber so einfach war das nicht. Noch klang der Wachtraum in mir nach. Noch dachte ich darüber nach, was ich da grade erlebt hatte. Es fühlte sich so real an, als wäre ich eben mal in eine andere Realität gebeamt worden. Trotzdem funktionierte ich, stand auf, lief die paar Schritte nach vorne, die ich von der ersten Reihe, in der ich saß, nehmen musste. Fünf Stufen waren zu überwinden und es tat gut, im nächsten Moment ein Pult vor mir zu haben, an dem ich mich festhalten konnte.

Ich hatte die Gemeinde vor mir. All die Menschen, die ich ins Herz geschlossen habe und denen ich jetzt den Segen Gottes mit auf den Weg gab. Der Blick auf diese Menschen erinnerte mich an das geschäftige Treiben hinter der Glasscheibe, das ich eben noch beobachtet hatte.

Und mit einem Mal wurde mir bewusst, dass das keine Illusion, kein Traum gewesen war, sondern dass das Erlebte der Realität entsprach. In Wahrheit war ich nichts anderes als eine Beobachterin. Eine, die von weiter, weiter Ferne das Leben beobachtete, das um sie herum stattfand und keinerlei Anteil an diesem Leben hatte.

Der Gottesdienst war zu Ende. Der Saal leerte sich. Ich blieb sitzen, wieder vorn auf meinem Platz, und dachte darüber nach, was ich eben erlebt hatte, und was das für mein Leben, für meine Zukunft bedeutete.

Erst später, am nächsten Tag, ging mir ein Licht auf. Das heißt, ich verstand, dass ich im schützenden Dunkel war, damit ICH nicht gesehen wurde. Im Dunkeln und allein fühlte ich mich sicher, wenn auch manchmal einsam und traurig. Es erstaunte mich schon, dass ich auch mit 55 noch immer diese vermeintlich sichere Seite im Dunkeln einnahm.

Es war das erste Mal, dass ich ernsthaft überlegte, die Hilfe eines Psychotherapeuten in Anspruch zu nehmen, um einen Weg zu finden, auch auf der hellen Seite in Sicherheit leben zu können. Und dann fasste ich den Entschluss, diesem einsamen, inneren Leben auf den Grund zu gehen.

Es war Sonntag, 29. Dezember 2013.

Dieses Buch zu schreiben, ist das Ergebnis dieser Entscheidung. Es wurde zu meiner ganz persönlichen Therapie, und ich möchte es lieben Menschen meiner Familie widmen.

Zuallererst meinem geliebten Mann, der mich aus dem Dornröschenschlaf geküsst hat.

Unseren drei wunderbaren Kindern mit ihren Partnern und den Enkelkindern zur Erinnerung daran, wie das damals war, als sie noch nicht geboren waren. Wie es dazu kam, dass ich meine eigene Kindheit in ihre Erziehung einfließen ließ und so haufenweise Fehler an ihnen beging. Fehler, die ich erst viel später sah und von Herzen bereute.

Meinen lieben Schwestern mit ihren Familien. Die Schwestern, von denen ich in meiner Kindheit so wenig wahrnahm und denen ich jetzt im Alter herzlich verbunden bin.

Meiner Mutter, die bis zu ihrem Tod in einem Pflegeheim lebte, wo sie geistig noch regen Anteil an ihrer Familie nahm. Sie spielte lange Zeit eine rätselhafte Rolle in meinem Leben, konnte mir aber später vieles erklären und Klarheit in manch geheimnisvolle Geschichte bringen.

Meinen Vater, der schon vor über 20 Jahren gestorben ist, möchte ich nicht ausschließen.

Ich schreibe biografisch über Erlebnisse in meinem Leben: wie ich dachte, fühlte und handelte.

Davon ist einiges aus meiner Erinnerung, zum Teil in Tagebuchform geschrieben. Vieles stammt aus Erzählungen meiner Eltern, Geschwister und weiterer Verwandter. Dazu kommen viele intensive Träume, die in meinem Leben eine wichtige Rolle spielen.

Zugegeben: Lange Zeit war ich versucht, die meisten Erinnerungen und Erlebnisse schön zu reden. Sie so darzustellen, dass möglichst alle Beteiligten in einem guten Licht erscheinen. Dieses Vorhaben habe ich inzwischen aufgegeben. Ich weiß, dass es niemandem nützt, Schlechtes, das geschehen ist, im Nachhinein gut zu reden.

Ich bin zu der Überzeugung gelangt, dass es für mich wichtig ist, bei der Wahrheit zu bleiben, auch, wenn das oft schmerzhafte Erinnerungen wachruft. Ich versuche, ehrlich zu sein, ohne anzuklagen. Das gestaltet sich nicht immer einfach, ohne einer Person ‚auf die Füße zu treten', aber alles andere wäre Schönmalerei.

Ich wünsche den Lesern dieses Buches, dass sie ermutigt werden, eigene Erlebnisse ebenfalls ehrlich anzuschauen und zu betrachten. Wichtig ist mir dabei, nicht bei der Betrachtung stehen zu bleiben, sondern den nächsten Schritt zu gehen: den der Vergebung.

Im Nachhinein bin ich der festen Überzeugung, dass GOTT selbst es war, der mich täglich unter seine Fittiche genommen hat. Bildlich gesprochen, hat ER mich umhüllt, hat höchstpersönlich dafür gesorgt, dass mir die Ohren und die Augen zugehalten wurden und mich davor bewahrt, vor Kummer zu sterben.

Er hat mich in seinen starken Armen so lange gehalten, bis keine Gefahr mehr für mich bestand.

Ich hoffe sehr, dass am Ende das zu spüren ist, was mir das Überleben gesichert hat: mein Vertrauen auf Gott, Jesus und den Heiligen Geist.

An mehreren Stellen in der Bibel werden wir aufgefordert, unseren Kindern davon zu erzählen, was wir mit GOTT erlebt haben.

Ja, erinnert euch euer Leben lang daran und erzählt es euren Kindern und Enkeln weiter!

Joel 1,3

Ich verstehe mein Schreiben als Auftrag, diesem Wunsch nachzukommen und Gottes Botschafter zu werden. Das erscheint mir heute wichtiger denn je.

Es soll auf keinen Fall eine schwere Kette sein, die den Leser unaufhörlich auf den Grund des Meeres runterzieht und ihm die Luft zum Atmen nimmt, sondern ganz im Gegenteil: Es wäre schön, wenn der Leser es wie einen Schatz betrachtet, den es zu heben gilt.

Vom Grund des Meeres kommt diese Schatzkiste ans Tageslicht. Dann steigt die Spannung, wenn die Kiste geöffnet wird. Ich stelle mir das Leuchten in den Augen vor, bei dem Anblick, der sich dem Finder bietet. Alle Schätze dieser Welt sind in dieser wunderbaren Kiste. Vielleicht erfahre ich von dem einen oder anderen Finder, was es für ihn darin zu entdecken gab.

Freitag, 30. Januar 2004:

Es gibt kein Leben ohne Gott.
Egal, ob wir von ihm wissen oder nicht.
Egal, ob wir an ihn glauben oder nicht.

Doris

Der Beginn einer Liebesgeschichte

Wer wagt, durch das Reich der Träume zu schreiten, gelangt zur Wahrheit.

Johann Wolfgang von Goethe

Um meinen Glaubensweg festzuhalten und weiterzugeben, schreibe ich über meine ganz besondere Liebesgeschichte mit dem dreieinigen Gott. Ich erzähle, wann ich diese Liebe entdeckte und welche Auswirkungen diese Erkenntnis auf mein Leben hatte. Es hat meine Sicht auf die Vergangenheit, die Gegenwart und auch die Zukunft radikal auf den Kopf gestellt. Erkenntnis kann die Vergangenheit nie rückgängig machen, denn daran, was geschehen ist, kann ich nichts mehr ändern. Aber ich bin in der Lage, das Geschehene neu zu beurteilen und einzuordnen. Tatsächlich handelt es sich um eine Liebesgeschichte. Wenn auch die Geliebte in dieser Geschichte lange Zeit nichts von dieser Liebe wusste oder ahnte. Hier zeigen sich all die guten Eigenschaften, die bekanntlich Liebe ausmachen:

Die Liebe ist langmütig und freundlich,
die Liebe eifert nicht,
die Liebe treibt nicht Mutwillen,
sie bläht sich nicht auf,
sie verhält sich nicht ungehörig,
sie sucht nicht das Ihre,
sie lässt sich nicht erbittern,
sie rechnet das Böse nicht zu,
sie freut sich nicht über die Ungerechtigkeit,
sie freut sich aber an der Wahrheit;
sie erträgt alles, sie glaubt alles,
sie hofft alles, sie duldet alles

1. Korinther 13,4

Die Liebe, um die es hier geht, vereint all diese Eigenschaften und noch viel mehr. Es ist die unbändige, bedingungslose Liebe Gottes zu den Menschen. Auch seine Liebe zu mir. Das durfte ich erfahren, selbst, als ich noch nichts von dieser einzigartigen Liebe ahnte, die mir entgegengebracht wurde. Mit der Liebe ist das so eine Sache: Sie ist immer ein Geben und ein Nehmen.

Seltsam hat es mich berührt, als mir bewusst wurde, dass auch GOTT sich nach Liebe sehnt. Einmal wurde Jesus von einem Ratsuchenden gefragt, was das höchste Gebot sei, und er antwortete:

Du sollst den Herrn, deinen Gott, lieben von ganzem Herzen,
von ganzer Seele, mit all deiner Kraft und deinem ganzen Gemüt,
und deinen Nächsten wie dich selbst.

Lukas 10,27

Hat Gott nicht seine Sehnsucht nach Liebe in diesem Gebot ausgedrückt?

Liebe

Wann beginnt der Mensch zu lieben?
Wann wird einem Menschen bewusst, dass er liebt?
Oder wird es ihm nicht bewusst, bekommt er es gesagt?
Oder genügt es zu spüren, dass er geliebt wird?
Wie definiere ich heute als Erwachsener Liebe?
Wo im Körper ist die Liebe gelagert?
Wo kann ich dieses Wort als Eigenschaft spüren?

Meinem Mann sage ich selten, dass ich ihn liebe. Manchmal überkommt mich eine stille Sehnsucht nachvergangenen Zeiten. Noch heute stehe ich dann vor ihm auf Zehenspitzen, strecke mich zu ihm nach oben und hänge mich mit meinen kurzen Armen um seinen

Hals, um ihm zu sagen: »Ich liebe dich« und bekomme prompt auch die gleiche Antwort zurück.

Unsere Kinder liebe ich, aber gesagt habe ich es ihnen nicht oft genug. Wann habe ich es ihnen eigentlich gesagt? Ich weiß es nicht mehr.

Gott, Jesus, sage ich ganz oft »Ich liebe dich« und meine es auch so. Und spüre in mir, in meinem Innersten, im Herz und Bauch und auch an den Augen, die sich mit Tränen füllen, eine tiefe Liebe aufsteigen.

Gott zu sagen: »Ich liebe Dich«, lernte ich, als ich entdeckte, was das erste und wichtigste Gebot beinhaltet. Es war ein Lernprozess: Ich sollte Gott lieben, mit Haut und Haaren. Aus dem »Sollen« wurde ein «Wollen«. Es war eine Entscheidung. Ich wollte ihn lieben und bekam aus meiner Sicht von ihm die Fähigkeit des Lieben-Könnens geschenkt. Es ist nicht aus mir heraus entstanden.

Als ich mich mit diesem ersten Gebot befasste, entschloss ich mich, den Satz umzuformulieren. So schrieb ich auf ein besonders schönes, altes Kalenderblatt, das ich dann gut sichtbar neben meinem Bett platzierte mit großen Buchstaben:

Ich will den Herrn, meinen Gott lieben, von ganzem Herzen und von ganzer Seele, mit all meiner Kraft und Macht und voller Hingabe.

So machte ich aus einem Gebot einen Wunsch, den ich jeden Tag aufs Neue aussprach. Ähnlich ging es mir mit dem Nachsatz, den Jesus ergänzte, als er nach dem wichtigsten Gebot gefragt wurde. *...und den Nächsten wie dich selbst.*

Lukas 10,27

So lernte ich, auch den Nächsten zu lieben. Mit einer Liebe, die ebenfalls nicht in mir entstanden ist, sondern mir genauso geschenkt wurde. Wichtig war auch hier der Wunsch, diese Liebe auszuüben.

Für mich konkret beinhaltet es, dass ich Jesus darum bat, mir diese Liebe zu dem Nächsten zu schenken. Und ich durfte erleben, dass ich mit dieser Liebe beschenkt wurde.

Wenn ich an Menschen denke oder für sie bete, stellt sich zuallererst fast immer eine große Liebe für sie ein. Ungeplant und ungewollt, ist sie plötzlich da und für mich Voraussetzung, um für diesen Menschen vor Gott einzustehen.

Mich selbst zu lieben, wie ich es sollte, habe ich noch nicht vollständig gelernt. Manchmal habe ich für mich noch immer das gleiche abwertende, verachtende, Empfinden wie ich es in meinen Gedanken für dieses kleine Mädchen habe, um das es in dem Buch hier geht.

Da begegnen sich plötzlich drei Wesen, die in Wahrheit eine Person sind.

Und alle drei Personen bin ich selbst.

Hört sich kompliziert an und ist es auch. Ich habe lange Zeit gebraucht, um das zu verstehen.

Drei Wesen

Niemals ist der allein, der dort ist, wo GOTT ist – und GOTT ist überall.

aus Ben Hur, Lewis Wallace

Vorausschicken möchte ich, dass die ‚Kleine', um die es hier geht, inzwischen zwar nicht gewachsen im eigentlichen Sinne, erwachsen in manchen Dingen, aber ganz sicher alt geworden ist. Mit inzwischen über 60 Jahren darf ich mich selbst ohne Scheu als alt bezeichnen.

Wenn ich dennoch versuche, in die Zeit als Baby, Kind oder Jugendliche hineinzuschlüpfen, dann kann das nur Stückwerk sein. Es kostet mich nach wie vor Überwindung zu akzeptieren, dass ich selbst diese ‚Kleine' bin.

Ich schreibe über mein Leben, wie es tatsächlich war oder besser noch: wie es ist.

Vielleicht gelingt es mir während des Schreibens, das kleine Wesen und die erwachsene Frau irgendwann zusammenzubringen. Bisher sieht es noch nicht danach aus.

Inzwischen habe ich allerdings gelernt, dass es in der folgenden Erzählung nicht nur um ein, sondern um zwei verschiedene Wesenszüge eines Kindes geht, die scheinbar nichts miteinander zu tun haben.

Ähnlich wie der Wachtraum, bei dem ich mich selbst auf der dunklen Seite in einem unterirdischen Aquarium befand, während sich alle anderen Personen im Hellen aufhielten, so ist es auch mit diesen zwei Persönlichkeiten: Sie leben und erleben Dinge, völlig getrennt voneinander, und sind in Wahrheit doch ein und dieselbe Person.

Deshalb klingt es auch immer so, als wäre hier von gleich drei völlig verschiedenen Personen die Rede, das unsichtbare, das sichtbare und das inzwischen erwachsene Kind.

An meinen Reaktionen erkenne ich, dass ich aus welchem Grund auch immer, irgendwie falsch, eben anders programmiert bin.

Wie schwer es mir fällt, mich mit mir auseinanderzusetzen, erkannte ich in jüngster Zeit erst wieder bei einem an sich belanglosen Gespräch, bei dem es um mich und meine Befindlichkeit ging. Mitten in diesem Gespräch hatte ich den absurden Gedanken, dass ich mich am liebsten in eine Ecke gestellt und mich gern einfach ignoriert hätte. Der Gedanke blitzte wie eine unsichtbare Blase plötzlich auf. Mein Gegenüber ahnte nichts davon, aber mir war in diesem Moment klar, wie eng meine Gegenwart mit meiner frühesten Kindheit verknüpft ist. Dort hatte die Überlebens-Taktik des Unsichtbarmachens für mich stets den erwünschten Erfolg gebracht, sie tauchte immer wieder auf, kam an die Oberfläche. Ich stellte mich an die Wand, wurde weiß wie sie und war einfach nicht mehr zu sehen. Wenn mich keiner sah, interessierte sich auch niemand für mich, keiner wollte etwas von mir, schon gar nicht mit mir streiten oder schimpfen.

Mich im Dunklen aufzuhalten, so wie in dem anfänglichen Wach-Traum, erzielt denselben Erfolg. Dort sieht mich keiner, will niemand was von mir und ich kann beruhigt durchatmen und mich vielleicht auch irgendwann entspannen.

Die Überlebensreflexe von damals sind offensichtlich noch alle gespeichert und werden nicht so schnell vergessen. Ähnlich wie beim Fahrradfahren. Das hat fast jeder irgendwann einmal gelernt. Es wurde eingeübt und trainiert. Wir stellten fest, dass uns die zwei wackeligen, dünnen Räder tragen und wir nur lostreten müssen, um vorwärtszukommen. Das sitzt!

Später müssen wir nicht mehr darüber nachdenken, ob wir Rad fahren können, oder wie das Treten funktioniert. Es klappt einfach durch unsere unterbewussten Reaktionen.

So ist es auch mit den antrainierten Reaktionen auf gewisse, wiederkehrende Ereignisse, die ich nicht positiv, sondern ganz eindeutig negativ abgespeichert habe und die deutliche Fluchttendenzen in mir auslösen.

Das Kind auf der Treppe

Das Licht scheint in der Dunkelheit und die Dunkelheit konnte es nicht auslöschen.

Johannes 1, 5

Seit ich mich entschlossen habe, wirklich Hilfe bei einfühlsamen Therapeuten zu suchen, hat sich für mich einiges verändert: Unzählige Bilder und Träume sind aus der Vergangenheit aufgetaucht und bringen mich zum Grübeln und Nachdenken.

Da ist zum Beispiel ganz massiv dieses Bild von dem Kind auf der Treppe in meinem Kopf. Es drängt sich in den unmöglichsten Situationen immer wieder in den Vordergrund und schreit förmlich nach Aufmerksamkeit.

Ich habe jedoch gar keine Lust, mich um dieses Kind zu kümmern. Soll es doch da sitzen bleiben!

Ich habe mein Leben so schön eingerichtet. Niemand ärgert sich über mich. Ich tue, was man von mir erwartet, und ich mache das gut. Familie, Arbeit, Frühstückstreffen, Hauskreis, Gemeinde. Es gibt doch genug, um das ich mich kümmere. Soll ich mich da auch noch um ein kleines Kind kümmern?

Das sitzt doch sowieso nur auf der Treppe. Spricht kein Wort, es ärgert niemanden, es ist niemandem im Weg. Das ist auch gut so.

Warum soll ich mich jetzt plötzlich um das Kind kümmern, es aufwecken und ansprechen?

Es ist, als wäre dieses Kind eine Person, die mit mir nichts zu tun hat. Längst vergessen, eingeschlossen, eingegossen in Eis.

Abgestorben. Unsichtbar. Bewegungslos—WIE TOT. Und doch bewacht und behütet von Jesus.

Gott, es fällt mir so schwer, dieses Kind und mich selbst, diese zwei unterschiedlichen Persönlichkeiten, als ein Mensch zu betrachten. Wie geht das zusammen?

Ich habe mein Leben weitergelebt. Habe mich eingerichtet. Ich bin eine Gute, die alles versteht, toleriert, macht. Eine, die niemanden stört, die nie streitet, die nie widerspricht, die gut funktioniert.

Und da kommt so ein Kind daher und möchte plötzlich Aufmerksamkeit! Erwacht einfach nach über 50 Jahren aus dem Dornröschenschlaf und will betreut werden. Ich habe schon so viele, um die ich mich kümmere, wirklich liebevoll. Warum soll ich mich um dieses Mädchen auch noch kümmern?

Am liebsten möchte ich sagen: »Ich will nicht! Ich kann nicht! Ich habe nicht die Kraft dazu! Ich möchte nicht an sie denken, weil es mich zu sehr belastet.«

Aber es ist, als hätte Gott seinen Meißel angesetzt, um diesen harten Felsen aus Granit zu sprengen, um das Steinerne zu entfernen.

Es ist eine so, so schwere Arbeit. Erst sieht man gar nichts und es kostet trotzdem so viel Kraft, Schweiß und Blasen.

Mir scheint, Gott, es ist Dir ernst damit!

Unwillkürlich muss ich an den Tagtraum denken, der mich wachgerüttelt hat. Und ich möchte bewusst die Entscheidung fällen, aus diesem unterirdischen Aquarium aufzutauchen, um den Weg ans Licht zu finden.

Ich stelle mir vor, wie es sein wird, wenn ich endlich auftauche, herauskomme aus diesem finsteren Tunnel. Dort werden mir lebendige Menschen begegnen.

Ich werde wohl dem Erstbesten von hinten meine Hand auf die Schulter legen und er wird sich umdrehen, mich überrascht anschauen und ich werde mich vorstellen und sagen: »Hallo, ich bin Doris. Ich war jahrelang verschwunden, aber jetzt bin ich da!« Und mein Gegenüber wird mich anlächeln, sich freuen und mich willkommen heißen in dieser realen Welt.

Vieles aus meiner Kindheit habe ich aufgeschrieben und festgehalten. Meine ersten Aufzeichnungen stammen aus einem Tagebuch, das ich angefangen habe, als ich bei meinen Großeltern die Ferien verbrachte. Da war ich gerade 13Jahre geworden und habe aufgeschrieben, was mich beschäftigte. Eltern oder Geschwister spielen in diesen Aufzeichnungen tatsächlich keine Rolle.

Ich habe auch damals nichts von irgendwelchen Erlebnissen in meinem Elternhaus aufgeschrieben oder festgehalten. Was kein Wunder ist, da ich einfach nichts davon weiß oder schlichtweg verdrängt habe. Mein Leben fand scheinbar ohne erkennbare Zugehörigkeit zu meiner Familie statt.

Manches weiß ich aus Erzählungen meiner Schwestern, meiner Cousine oder auch meiner Mutter, die ich später nach Einzelheiten befragt habe. Sie zählte nüchtern manche Ereignisse auf, als würde sie eine Geschichte erzählen, die sie gelesen hatte. Niemals hatte ich den Eindruck, dass sie es war, die das, was sie erzählte, auch erlebt hatte. Immer war sie auch bemüht, nichts Schlechtes über andere Menschen zu sagen. Ganz besonders nicht über meinen Vater, ihren Mann. Das war sicher auch ein Grund für ihre seltsam emotionslose Erzählung.

Ich war überrascht, als mich eine Therapeutin auf die parallelen Verhaltensweisen meiner Mutter und mir selbst hingewiesen hat. Meine Mutter habe ich nie über ihre Gefühle oder Empfindungen reden hören. Sie konnte sich um alles Wichtige kümmern, das Kochen, Waschen, Bügeln und alle notwendigen Hausarbeiten verrichten. Wie es ihr dabei aber ging, was sie dachte, was sie traurig machte, worüber sie wütend war, darüber habe ich sie nie reden gehört. Dieses Verhalten habe ich wohl unbewusst auch für mich selbst übernommen.

Kaum jemand weiß über mein Innenleben Bescheid. Meine Nöte, Ängste, Sorgen und tiefe Traurigkeit habe ich niemandem mitgeteilt und damit meine Familie größtenteils aus meinem Seelenleben ausgeschlossen. Sie sollten nicht merken, wie schlecht es mir ging, denn eigentlich konnte es mir ja nur gut gehen. Wir hatten eine glückliche Familie, die Kinder waren alle gesund und wohlgeraten, mein Mann hatte einen sicheren Job und wir waren auch finanziell einigermaßen abgesichert. Wie also sollte ich jemandem erklären, dass es mir schlecht ging? Wie hätte ich das begründen können?

So stellte sich regelmäßig zu der wirklich tiefen Niedergeschlagenheit auch noch das schlechte Gewissen meiner Familie gegenüber ein. Ich verurteilte mich selbst, hielt mich für undankbar und irgendwie falsch gepolt. Ich lebte die zwei Leben meiner Kindheit einfach weiter. Nach außen hin war ich die funktionierende Ehefrau und Mutter, die alles im Griff hatte, innerlich zerriss es mich zunehmend. Und ein unerklärlicher, trauriger Druck baute sich in mir auf. Ich war ständig auf der Suche nach Zeiten des Alleinseins, damit ich endlich ungestört und unbeobachtet nach Herzenslust weinen konnte. Noch heute passiert es mir, dass ich im Dunklen im Bett liege, plötzlich laufen die Tränen ungehindert über mein Gesicht und ich muss ohne jegliche Geräusche, still, lautlos, schluchzend, hemmungslos weinen.

Ich arbeite noch daran, mein Verhalten zu ändern, denn es fällt mir noch immer schwer, über eigene Gefühle mit anderen zu sprechen. Warum ich erst im Alter anfange, alles festzuhalten, hat wohl damit zu tun, dass ich die Geschichte meines Lebens gern unseren drei Kindern, den Schwiegerkindern und Enkeln hinterlassen würde. Vieles davon ist mir auch sehr spät erst klar geworden.

Ich erinnere mich an ein Frauenwochenende, das ich als junge Mutter besuchte. Da ging es um das Thema »Was das Leben farbig macht« und die Referentin erzählte, was sie in ihrem Leben schon für wirklich schwere Schicksalsschläge hinnehmen musste.

Unsere Kinder waren damals noch klein und ich war der Meinung, dass es mir so gut ging, dass ich schon Angst haben musste, dass das große Glück einmal einfach so zerbricht. In diesem Moment und unter all den Frauen, die so viel schon durchmachen mussten, war ich zutiefst davon überzeugt, dass ich so etwas noch nie erlebt hatte. Meiner Meinung nach ging es mir immer schon sehr gut. Meine Kindheit hat von dem Moment an, als ich meinen Mann kennenlernte, für mich keine Rolle mehr gespielt.

Das dachte ich damals. Ich erinnere mich noch an den erstaunten und auch leicht irritierten Gesichtsausdruck der damaligen Referentin, als ich allen Ernstes behauptete, dass bei mir bisher alles rosig gewesen sei.

Erst Stück für Stück erkannte ich, dass das eben nicht der Fall war. Ich hatte in jahrelangem Training gelernt, alles Unangenehme zu verdrängen. Und zwar so, dass es in meinen Augen einfach nicht existierte. Damit bin ich bei meinem eigentlichen Problem angelangt, dem Verlust meiner Erinnerung.

Positiv ausgedrückt, kann ich sagen, Gott hat mich gnädigerweise mit einem großen Gedächtnisverlust beschenkt.

Ich sehe im Rückblick sein Geschenk darin, dass alles, was nicht zu meinem Besten war, einfach nicht in mein Bewusstsein rückte. Ich habe es vergessen.

Gehe ich als ‚die Kleine' in Gedanken in meine Kindheit zurück, komme ich bis zum Eingang der Wohnung, in der ich angeblich gewohnt habe. Was hinter dieser Tür liegt, bleibt in meiner Erinnerung weitgehend verloren. Unwillkürlich bin ich wieder bei diesem Kind auf der Treppe angelangt. Dieses Bild, das sich mir aufdrängt und das danach verlangt, beachtet zu werden. Es ist genau diese Treppe, die zu jener Wohnung führt.

Wie schon gesagt, habe ich mich in den letzten Jahren in Begleitung einfühlsamer Therapeuten auf den Weg gemacht, diese Haustürhürde zu überwinden.

Ich habe versucht, Gedankensplitter aus meinem Gedächtnis ans Licht zu holen und ein Mosaik entstehen zu lassen. Ich muss gestehen, es ist ein Stückwerk.

Wann mir die Gegenwart Gottes bewusst wurde und wie es dazu kam, dass ich mein Vertrauen allein auf ihn setzte, wird sich im Lauf der Geschichte klären. Aber die Tatsache, dass GOTT bei allem Erlebten dabei war, gibt mir Mut und Kraft und tröstet mich in Zeiten der Trauer.

Mit Trauer bezeichne ich das Gefühl, dass meine Kindheit für mich verloren ist. Es fühlt sich an, wie der Verlust eines Körperglieds. Ich weiß, es war da, aber ich sehe es nicht mehr.

Dabei muss ich daran denken, dass ich mit Sicherheit sehr viel Zeit zu Hause verbracht habe. Ich muss gegessen und in einem eigenen Bett geschlafen haben. War in einem Badezimmer und habe an einem Tisch gesessen. An all das habe ich keinerlei Erinnerung. Ich weiß von keinem gemeinsamen Essen mit meinen Eltern und meinen drei Schwestern. Ich weiß von keiner Küche, in der mit Sicherheit gekocht wurde, von keiner Toilette und keinem Badezimmer. Ich weiß von keinem Lachen oder von Scherzen, keiner Gemeinschaft mit meiner Familie, aber auch von keinem Schimpfen, Schreien, Streiten. Es ist einfach alles weg, einfach weg, total weg.

Aus meinem Tagebuch, Donnerstag, 25. Januar 2001:

Es gibt Nächte voller Tränen und ich habe das Gefühl, alle Tränen meiner Kindheit noch einmal zu vergießen. Ich habe wohl 1.000 Nächte weinend verbracht, ich weiß es nicht mehr. Nur hat es immer sehr geschmerzt. So wie diese Nacht. Lautlos liefen die Tränen, unaufhörlich und ein Schmerz wie ein eisernes Band legte sich um meine Brust und schnürte mich zu. Mein Körper wurde von lautlosem Schluchzen geschüttelt.

Immer leise, ja nicht auffallen.

Es hat mich so an mein Kindsein erinnert. Ich habe solche Sehnsucht, von irgendjemanden schützend und liebend in den Arm genommen zu werden. Nur festgehalten. Schweigend die Möglichkeit, laut und schrecklich zu weinen und zu klagen ohne Fragen.

Familienbande

GOTT kann noch weitaus mehr tun, als wir zu bitten wagen oder überhaupt denken können.

Epheser 3,20

Ich möchte in meinen Gedanken noch einmal in die Zeit meines Kleinkinddaseins zurückgehen.

Geboren wurde ich in der Geburtsstadt meiner Mutter, in der meine Eltern damals wohnten. Meine Mutter hatte noch sehr viel Kontakt mit ihren Eltern. Sie besuchten sich häufig und halfen sich auch gegenseitig.

Der Geburtsort meines Vaters war ebenfalls nur etwa fünf Kilometer entfernt. Er ist in einem kleinen Dorf aufgewachsen. Meine Eltern verbrachten als junges Ehepaar viel Zeit bei den Verwandten.

Damals lebten noch viele Geschwister meiner Eltern in der Nähe und so war es üblich, die Freizeit mit der großen Familie zu verbringen.

Mein Vater war das sechste von zehn Kindern. Ein Bruder starb schon im Kindesalter, zwei ältere Brüder starben im Krieg, ein Bruder beging Selbstmord, ein Bruder wurde von einem Auto überfahren, eine Schwester starb als Alkoholikerin an Leberversagen, eine andere Schwester starb an Nierenkrebs. Ein weiterer Bruder lebte mit seiner Familie in Heidelberg und der jüngste Bruder lebte bis zu seinem Tod mit seiner Frau in Bad Reichenhall.

Das Geburtshaus meines Vaters muss schon mehrere Generationen in Familienbesitz gewesen sein und noch heute wohnen zwei Kinder seiner ältesten Schwester dort. Sie haben es inzwischen umgebaut und zwei moderne Eigentumswohnungen daraus gemacht.

Im Elternhaus meines Vaters herrschte stets reges Treiben. Er hatte zwei Schwestern, die auch nach ihrer Heirat zu Hause bei der Mutter wohnten. Eine Schwester heiratete am gleichen Tag wie meine Eltern, es gab damals also eine Doppelhochzeit, das heißt, es trafen viele verschiedene unterschiedliche Familien aufeinander. Viel später hat mein Vater mir erzählt, dass seine Familie und die Familie meiner Mutter um ein paar Ecken sogar miteinander verwandt waren.

Das wusste ich aber lange nicht.

Mein Opa, der Vater meines Vaters, führte zu Hause ein strenges Regiment und es galt absoluter Gehorsam gegenüber dem Vater. Er schloss sich nach dem Krieg der Gemeinschaft der Neuapostolischen Kirche an, deren eigene Gesetze zu etlichen Auseinandersetzungen in der Familie führten.

So erzählte mir mein Vater bei unserem letzten Gespräch während eines Spaziergangs:

»Mein Vater war ein strenger Mann und er war auch nicht gut zu unserer Mutter. So kam es, dass wir Brüder uns einmal zusammentaten und auf den Vater losgingen. Dieser hatte unsere Mutter so gedemütigt und misshandelt, dass sie die Treppe hinabstürzte. Da war es mit unserer Liebe aus. Wäre damals unsere Mutter nicht dazwischen gegangen, hätte mein Vater den Angriff seiner eigenen Kinder nicht überlebt. Mein Vater befolgte streng die Gebote seiner Glaubensgemeinschaft. Dass er treu der Kirche den 10ten gab, führte zu ständigen Auseinandersetzungen mit meiner Mutter. Diese hatte kaum Geld, um etwas zum Essen zu kaufen, um zehn hungrige Mäuler zu stopfen. Sie konnte nicht nachvollziehen, dass ihr eigener Mann das sauer verdiente Geld, das sie so bitter nötig gehabt hätte, der Kirche in den Rachen schob. Damals hatte ich genug von Kirche und allem, was damit zusammenhing. Der Hunger und die Armut in unserer Familie brachten mich dazu, mich selbstständig darum zu kümmern, dass etwas Essbares auf den Tisch kam und unsere Mutter zu entlasten. Ich war zwar nicht der älteste Sohn, aber der aktivste. Als Kind schon stand ich früh auf, um noch vor der Schule etliche Kilometer in ein nahes Dorf zu laufen, um auf dem Bauernhof mitzuhelfen. So organisierte ich regelmäßig leckere Sachen zum Essen, wie Speck, Kartoffeln und Gemüse. Alles, was wir so dringend brauchten, was dann die Mutter heimlich an uns Kinder verteilte. Einmal erinnere ich mich daran, dass beim Essen ein Stück von Vaters Wurst verschwunden war. Er war so zornig, dass er uns der Reihe nach alle mit dem Riemen verprügelte, um herauszufinden, wer der Dieb und der Übeltäter war. Damals war eine schlimme Zeit und ich bin nur froh, dass wir schlussendlich davor bewahrt wurden, unseren Vater umzubringen. Ein anderes Mal war meine Mutter so schwer krank, dass sie lange Zeit wie tot dalag und wir sie auch schon für tot hielten und an ihrem Bett die sogenannte Totenwache hielten. Beinahe hätten wir sie lebendig begraben. Dann erholte sie sich wieder. Ich hatte eine sehr enge Beziehung zu meiner Mutter und war sozusagen ihr Beschützer. Meine Geschwister zu Hause waren da eher schwach und ich sagte ihnen, was getan werden musste. Diese Rolle übernahm ich dann auch, als mein Vater starb.«

Unser letzter gemeinsamer Spaziergang brachte mir einige Klarheiten über die Beziehung meines Vaters zu seinen eigenen Eltern.

Wir blieben damals stehen und ich fragte ihn ernst: »Hast du deinem Vater jemals vergeben?«

Mein Vater, der zu der Zeit langsam und gebückt an einem Stock neben mir herging, blieb ebenfalls stehen und schaute mich nachdenklich an. Geantwortet hat er mir nicht, aber ich sah, wie der Gedanke in seinem Gesicht arbeitete und ich machte ihm Mut, das doch zu tun. Und so gingen wir weiter. Vier Tage später starb mein Vater im Alter von 66 Jahren im Schlaf an Herzversagen.

Meine Mutter war die Älteste von drei Kindern. Sie hatte zwei Brüder. Einer war fünf, der andere zehn Jahre jünger als sie. Bei meiner Geburt war der jüngste gerade 14 geworden. Er hatte ein herzliches Verhältnis zu seiner großen Schwester.

Im Gegensatz zu meinem Vater war meine Mutter ein Stadtkind. Sie hatte eine Ausbildung in einem schon damals großen Bekleidungsgeschäft gemacht. Die ersten Jahre ihres Lebens war sie mit ihrer Mutter oft allein, da mein Opa damals noch im Krieg in Frankreich stationiert war. Aber auch, als ihr Vater dann endgültig heimkehrte, genoss sie zu Hause eine offene Atmosphäre. Meine Oma hatte eine robuste Art, sie war aufgeschlossen und freundlich, aber nicht ausgesprochen herzlich. Dafür war der Vater meiner Mutter eher ein sinnlicher Mensch, der viel las und jeden Tag ausführlich Tagebuch schrieb.

Einmal entdeckte ich bei einem Umzug meiner Mutter eine Kiste mit Büchern, die eigentlich entsorgt werden sollten. Darin befand sich ein Buch mit einer persönlichen Widmung meines Opas:

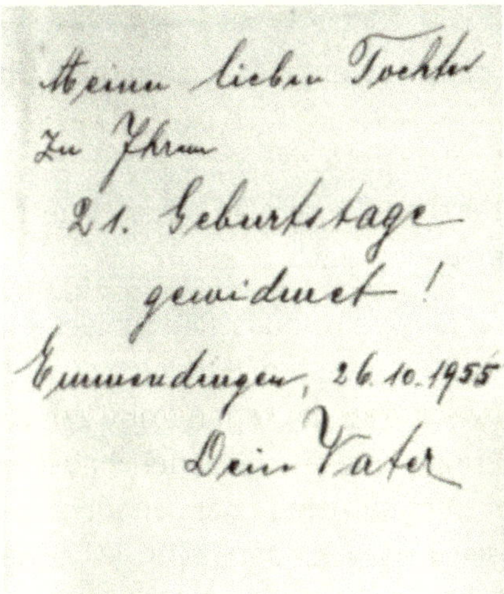

*»Meiner lieben Tochter
zu ihrem 21. Geburtstag!«*

Das war nun wirklich eine Überraschung. Es handelte sich bei dem Buch um einen dramatischen Liebesroman: »Die Werbung des Richters« von Don Pedro Antonio de Alarcón. Das muss für die damalige Zeit schon ein besonderes Geschenk gewesen sein, denn nach allem, was ich inzwischen weiß, war es für junge Mädchen eher verpönt, Liebesromane zu lesen – es hätte den Charakter verderben können. Das sah mein Opa offenbar deutlich anders.

Auch die Eltern meines Opas, also meine Urgroßeltern, wohnten ganz in der Nähe, und meine Mutter hatte eine besonders liebevolle Beziehung zu ihrer Großmutter.

So besuchte man sich in der Freizeit gegenseitig, denn irgendein Verwandter hatte garantiert immer etwas zu feiern.

Meine Großeltern, die Eltern meiner Mutter, kauften damals ein Haus und sind in dem Jahr meiner Geburt dort eingezogen. Das Geld für das Haus hatten sie sich zum Teil vom Bruder meines Opas geliehen, der etwas wohlhabender war und einen besser bezahlten Job hatte.

Im Tagebucheintrag meines Opas ist vermerkt:
»Mittwoch im Dezember 1958 – sehr kalte Nacht!
Walter [mein Vater] bringt Ulrike [meine älteste Schwester] um 6 Uhr vorbei!
Waltraud [meine Mutter] schenkt einem zweiten Mädchen um 9 Uhr das Leben. «

Wie schön das klingt! Meine Mutter schenkt mir das Leben. Was für ein Geschenk und von mir so wenig gewürdigt!

Ich kam mit dunklen, langen Haaren zur Welt, sodass die Schwestern im Krankenhaus mir die Haare schneiden mussten, damit ich aus den Augen schauen konnte. Mit dem frisch geschnittenen Pony sah ich als Neugeborenes aus wie eine Puppe. Dieses Aussehen habe ich lange Zeit behalten. Meine Mama erzählte mir, dass manche erschrocken zurückzuckten, wenn sie in den Kinderwagen schauten und das Wesen darin sich plötzlich bewegte.

Geliebt oder ertragen?

Erfahrung lässt sich nur durch Müh erlangen.
Im raschen Fluss der Lebensjahre muss sie geruhsam reifen.

William Shakespeare

Wenn ein Mensch geboren wird, weiß er nicht, was Liebe ist. Er kennt weder das Wort, noch kann er in Worte fassen, dass er ein Grundbedürfnis nach Liebe hat. So gehen oft die Jahre dahin und Liebe spielt keine Rolle im Leben eines Menschen.

Mir, dem Menschenkind, von dem ich erzählen möchte, ging es so: Ein Baby wurde geboren und es wusste nichts von Liebe. Wahrscheinlich wurde es von Mutter und Vater geliebt, aber es wusste nichts davon. Niemand hat ihm je gesagt: »Ich liebe dich, mein Kind«. Woher sollte es lernen, was Liebe ist, wie es sich anfühlt, geliebt zu werden und was Liebe überhaupt bedeutet?

Ein Kind kann sich frühestens ab drei Jahren bewusst an irgendwelche Ereignisse seines Lebens erinnern. Im Unterbewussten ist alles bis dorthin Gewesene sicher gespeichert und verwahrt.

Das Baby, um das es hier geht, wuchs bei den Eltern auf, zusammen mit einer älteren und zwei jüngeren Schwester und das Baby bin ich.

Ich weiß jedoch fast nichts aus dieser Zeit und kannte die Menschen kaum, mit denen ich zusammen unter einem Dach wohnte. Bei mir gilt die Drei-Jahres-Regel nicht. Meine Kindheitserinnerungen beginnen erst im Alter von 15 Jahren. Deshalb stammt auch fast alles, was ich hier schreibe und wiedergebe, aus Erzählungen und Erinnerungen meiner Mutter und meiner Schwestern.

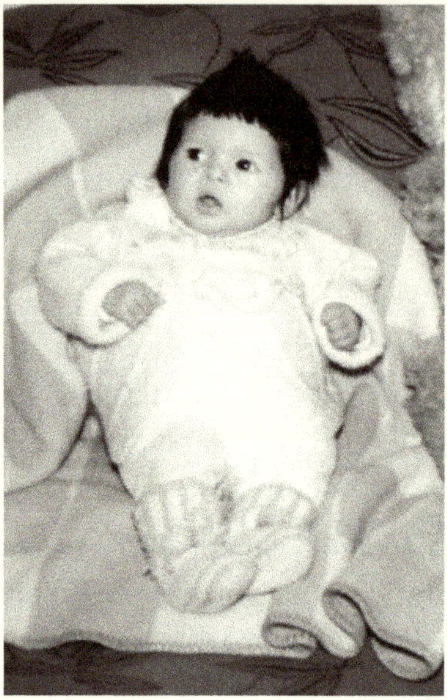

Ich war das, was man ein hübsches, süßes Kind nennt. Ich hatte lange, schwarze Haare und ein Puppengesicht. Leider hatten meine Eltern trotzdem wenig Freude an mir, denn ich hatte eine Eigenschaft, die die Nerven der Eltern bis zum Äußersten strapazierte: Ich habe gaaanz, gaaanz langsam gegessen.

Ich habe vieles, was die Eltern und auch meine anderen Geschwister später äußerst lecker fanden, überhaupt nicht gegessen. Im Gegenteil, was man mir mit Mühe einflößte, spuckte ich oft gleich darauf in hohem Bogen wieder aus.

Ich stelle es mir sehr, sehr anstrengend vor, ein Kind zu haben, das nicht isst.

Es war eine nervenaufreibende Zerreißprobe, eine echte Zumutung. Und da der Mensch ja täglich essen muss, normalerweise mehrmals am Tag, war es ein ewiger Kampf der Eltern, dieser Kleinen Essen einzuflößen, ohne vollends die Geduld zu verlieren.

Seit ihrer Geburt beherrschte dieser Kampf den Alltag sowohl der Eltern als auch des Babys. Am Ende ging es nicht mehr wirklich um das Wohl des Kindes, sondern darum, wer schließlich diesen Kampf gewann.

Morgens, mittags und abends wollten die Eltern jedenfalls nicht die Verlierer sein und sich von so einer ‚nichtsnutzigen Göre' auf der Nase herumtanzen lassen. Das klingt zugegebenermaßen extrem hart, aber es wurde wirklich hart und zu einer Zerreißprobe zwischen Eltern und Kind.

Natürlich blieb die Kleine, also ich, auch entsprechend klein. Durch den täglichen Kampf ums Essen stand ich ununterbrochen im Brennpunkt der elterlichen Aufmerksamkeit, nur eben im negativen Sinn. Wie gesagt, die Eltern hatten wenig Freude an mir. Verständlich, wenn sich da die vielleicht anfängliche Liebe von Vater und Mutter in Wut und Zorn verwandelte. Sie probierten sämtliche Erziehungsmethoden, aber nichts half. Nichts konnte mich zum schnelleren und besseren Essen bewegen.

Die jungen Eltern waren mit ihren 24 und 27 Jahren noch recht unerfahren, als ich als zweite Tochter geboren wurde und sie hatten auch keine einschlägigen Bücher über kindgerechte Erziehung gelesen. Sie praktizierten, was sie von zu Hause an Erfahrung mitbrachten: Ein Kind hat seinen Eltern in allen Dingen zu gehorchen. Sie wissen, was gut für es ist. So waren sie erzogen worden.

Im Elternhaus des jungen Vaters herrschte strenge, väterliche Gewalt, sowohl er wie meine Mutterwaren erst wenige Jahre zuvor der Strenge ihrer eigenen Eltern entkommen. Woher sollten sie etwas anderes kennen? Nachdem das mit der Erstgeborenen so gut geklappt hatte, die brav war, folgte, und vor allen Dingen alles mit Appetit aß, was auf den Tisch kam, war die zweite Tochter umso mehr eine Zumutung: rebellisch, widerspenstig, ungehorsam und stolz.

Das konnten sich die jungen Eltern natürlich nicht gefallen lassen. Wenn sie da nachgegeben hätten, wäre ihnen vermutlich bald die ganze Kinderschar auf der Nase herumgetanzt.

Vielleicht haben sie auch ihren eigenen Eltern ihr Leid geklagt und von ihnen Ratschläge mit auf den Weg bekommen, wie man mit einem Kind umgeht, das sich weigert zu essen. Umgesetzt wurde hauptsächlich eine Maßnahme. Mögliche weitere standen kaum zur Debatte und versprachen auch nicht den nötigen Erfolg.

Diese Maßnahme bestand aus Schlägen, mit denen man Gehorsam erreichen wollte. Getreu dem Ausspruch meines Opas, dem Vater meines Vaters, der der festen Meinung war: »Ein Kind muss man schlagen.«

Das war also die Behandlung, die mir dreimal täglich, zu jeder Mahlzeit, zuteil wurde. Genauso regelmäßig, wie dreimal täglich das Essen auf den Tisch kam.

Donnerstag, 24. Mai 2001:

Wieder ein Traum: »Der stumme Schrei!«

Ich saß auf einer Zuschauertribüne zwischen vielen Menschen. Rechts und links von mir saß jeweils jemand, der mich an den Armen hielt, sodass ich meine Hände nicht vor dem Mund halten konnte. Ich wehrte mich heftig und schüttelte den Kopf hin und her. Ich versuchte, meine Arme zu befreien, während man versuchte, mir etwas zum Essen in den Mund zu stopfen. Es war kurz gesagt schrecklich und natürlich erinnerte mich die Szene, an meine Kindheit.

»Der stumme Schrei!« wäre meine Überschrift. Denn laut schreien kann man ja nicht in dieser Situation. Sobald man nämlich den Mund aufmacht, wird etwas hineingestopft. Also lässt du den Mund zu und schreist still in dich hinein.

Als ich dann aufwachte, hatte ich den Eindruck, dass es Dämonen sind, die mich festhielten. Dämonen der Fresssucht. Ich habe diese Dämonen und Geistern dann im Namen Jesus geboten, meinen Körper zu verlassen, mich loszulassen und nie wiederzukommen.

Ich habe sie in Jesu Hand gegeben, denn sein Wille geschehe. Jesus ist der Sieger und der Herr, dem wir dienen. Danke Gott Vater im Namen Jesus für diese Befreiung. Lob und Preiß und Ehre, alle Kraft und alle Macht.

Alles Heil und alle Befreiung sind verborgen in dem Namen Jesu.

Amen.

Erster Umzug

Wege entstehen dadurch, dass man sie geht.

Franz Kafka

Als ich ungefähr ein Jahr alt war, zogen meine Eltern in eine größere Stadt um, in der mein Vater eine bessere Arbeit fand, sich weiterbildete und nebenher noch studierte. Er war immer sehr ehrgeizig und hatte sich vorgenommen, es zu etwas zu bringen. So war er auch oft unterwegs und meine Mutter mit uns Kindern viel allein.

Es war sicher kein einfaches Leben für sie, denn sie musste durch den Umzug ihre Freundinnen und Eltern, die Geschwister sowie ihre geliebten Großeltern zurücklassen, die sie sonst immer zwischendurch mal besuchen konnte, und zu denen sie eine gute und intensive Beziehung pflegte.

Nun gestalteten sich die gegenseitigen Besuche nicht mehr so einfach, denn ein Auto besaß die Familie nicht und Bahnfahren mit Kindern im Schlepptau war mit erheblichem Aufwand verbunden. Selbst das Fahrradfahren blieb meiner Mutter verwehrt. Während mein Vater schon als Kind in seinem Dorf Fahrradfahren gelernt hatte und dort als kleiner Knirps mit dem großen Rad des Vaters unterwegs war, hatte meine Mutter, die ja eher ein Stadtkind war, überhaupt keine Erfahrung mit dem Radfahren.

Als die beiden frisch verheiratet waren, startete mein Vater, wie er uns Kindern später einmal erzählte, einen Versuch, seiner Frau das Radfahren beizubringen. Nachdem sie aber immer wieder stürzte und Hecken, Zäune und Hausecken ihren Weg kreuzten, gaben sie den Lernversuch wieder auf und meine Mutter war stets auf öffentliche Verkehrsmittel oder später auf die Fahrkünste ihres Mannes angewiesen.

Am neuen Wohnort wurde meine dritte Schwester geboren und damit die Aufmerksamkeit von mir, der Kleinen, die bisher das Sorgenkind war, auf den neuen Erdenbürger gelenkt.

Das schaffte mir etwas Luft und Entspannung. Ich war inzwischen zwei, meine Schwester drei Jahre alt und meine Mutter war mit uns vollauf beschäftigt.

Meine Eltern freundeten sich damals mit einem Ehepaar an, das im selben Mehrfamilienhaus wohnte. Zum gesellschaftlichen Treffen und zum guten Ton gehörte damals auch ein guter Tropfen Alkohol, wie mir meine Mutter viel später einmal erklärte, als ich sie einmal fragte, wie das damals war: »In den Nachkriegsjahren, als es den Menschen langsam besser ging, konnte man sich das endlich ‚leisten' und es zeugte von einem guten Einkommen, wenn man dem Gast einen guten Cognac anbieten konnte oder gemeinsam eine Bowle trank.«

Das verstanden meine Eltern damals unter gemeinsamen Treffen: Man saß zusammen, hatte Spaß, trank ungehemmt und ungeprüft, was der Gastgeber auftischte.

Für junge Menschen, damals wie heute, ist Gemeinschaft mit anderen richtig und lebenswichtig. Es fühlte sich für die jungen Eltern lebendig an, mit Freunden zu feiern. Trinken gehörte einfach dazu. Auch die eigenen Kinder konnten das Austoben des ganzen jugendlichen Elans nicht verhindern. Über die zerstörerische Wirkung von zu viel Alkoholgenuss, was auf die Dauer so starke Getränke wie Cognac, Schnaps oder Whisky in einem Menschen anrichten konnten, war zur damaligen Zeit wenig bekannt. Vielleicht wollte es damals auch niemand so genau wissen. Meine Eltern tranken beide gern Alkohol und ich bin sicher, sie machten sich keine Gedanken über die schrecklichen Folgen.

Nüchtern betrachtet, waren sie damals vermutlich des Öfteren betrunken. Wo wir Kinder waren, wie es uns ging und was mit uns geschah, bleibt wohl ewig ein Rätsel. Sicher blieb es aber nicht ohne Folgen. Allein die Tatsache, dass zwei meiner drei Schwestern später Alkoholikerinnen wurden, hat vielleicht schon mit diesem frühkindlichen Erlebnis zu tun. Sie wurden übrigens beide später von ihrer Alkoholsucht befreit. Aber das ist wieder eine ganz andere, wundervolle Geschichte.

Mein Vater war es von zu Hause gewohnt, dass Alkohol zum täglichen Leben dazugehörte, und bei jedem Fest floss der Wein in Strömen. Meine Mutter trank eher, weil sie dazugehören wollte und um mit den anderen mitzuhalten. Darüber machte sie sich keine Gedanken.

Die Beziehung mit dem befreundeten Ehepaar muss sehr intensiv gewesen sein, denn diese beiden wurden kurzerhand zu den Paten meiner jüngsten Schwester erkoren. Später habe ich allerdings nie mehr etwas von den beiden gehört. Ich denke, dass sie sich nach dem nächsten Umzug wieder aus den Augen verloren haben.

Von einem wirklichen Schockerlebnis hat mir meine Mutter sehr viel später erzählt. Als ich im Alter von einem Jahr beim Baden plötzlich am ganzen Körper blau wurde und kurz darauf das Bewusstsein verlor. Das muss wirklich schrecklich für sie gewesen sein. Wenn ich mir die Situation vorstelle, wäre ich mit einem leblosen Kind in der Badewanne auch völlig überfordert gewesen. Es hätte durchaus auch das Ende meines Lebens sein können.

In der Not kam ihr die rettende Idee, die dem kleinen Würmchen wohl das Leben rettete. Notruf, Telefon oder Handy und dergleichen gab es noch nicht. Sie trug das nackte, leblose Wesen hinaus ins Treppenhaus, rannte einen Stock höher und klingelte bei einer Nachbarin, die Krankenschwester war. Sie hoffte, dass sie ihr helfen konnte. Der Tatsache, dass diese Frau auch zu Hause war und alles wohl doch sehr schnell ging, habe ich es zu verdanken, dass ich heute noch lebe. Jedenfalls packte mich die Frau an beiden Füßchen, hielt mich splitternackt, wie ich war, kopfüber nach unten und klopfte mir kräftig auf das Hinterteil. Das half, und es kehrte wieder Leben in meinen Körper ein.

Dieses Schweben zwischen Leben und Tod erklärt vielleicht auch das starke Empfinden in mir, als wäre ich mit einem Bein schon einmal im Himmel gewesen, als wäre er mir seltsam vertraut, ein Stück Heimat sozusagen. So, als hätte ich schon den herrlichen Geruch der Engel gerochen und die Gegenwart Gottes schon einmal hautnah zu spüren bekommen.

Vielleicht wurde mir damals, ohne mein Dazutun, ein kleiner Lebenssame eingepflanzt. Oder vielleicht bin ich als Baby mit dem Heiligen Geist in Berührung gekommen. Wer weiß das schon so genau?

Zweiter Umzug

Nicht du trägst die Wurzel, sondern die Wurzel trägt dich.

Römer 11,18

Knapp zwei Jahre später, ich war gerade drei Jahre alt, fand Vater eine neue, noch besser bezahlte Arbeitsstelle. Die Familie zog ein weiteres Mal um, noch weiter weg, ganz weit weg vom ehemaligen Elternhaus, von Familie, Freunden und jeglicher Hilfe. Für die junge Mutter war es eher ein Umzug in die Einsamkeit.

Wohnten sie bisher in einer Stadt, in der man alles zu Fuß erreichen und einkaufen konnte, so landete sie jetzt in einem abgelegenen, einsamen Dorf, am Ortsende. Das Haus lag auf einem Berg am Ende der Straße. Hier hatte sie keine Freunde und Bekannte, besaß nach wie vor weder Führerschein noch Auto und hatte wenig Einkaufsmöglichkeiten.

Das Haus, indem sie jetzt wohnten, war zwar neu und mit schönen, großzügigen Zimmern versehen, dafür lag es weit abseits, wo sich buchstäblich Fuchs und Hase Gute Nacht sagten. Obwohl sie mit ihren drei Kindern vollauf beschäftigt war, hatte unsere Mutter keinerlei Abwechslung und fühlte sich mit Sicherheit einsam an diesem gottverlassenen Ort.

Vater war inzwischen 31 Jahre alt, Mutter 28. Für meinen Vater war der Umzug ein berufliches Sprungbrett, für meine Mutter der Weg in noch größere Isolation und Einsamkeit.

Auch, wenn die kleinen Kinder sie gut beschäftigten, brauchte sie als junge Frau doch auch Leben und Menschen um sich herum, mit denen man reden und sich austauschen konnte. Diese Aufgabe übernahmen auch hier wieder die Nachbarn im Haus. Sie wohnten über uns in dem Zweifamilienhaus. Es war ein geselliges, kinderloses Ehepaar aus Österreich. Sie war Lehrerin und er ein Kollege meines Vaters. Mit dieser jungen Frau freundete sich meine Mutter an.

Meine Mutter vertrieb sich die Einsamkeit in dem abgeschiedenen Dorf mit Nähen. Damals gab es nicht viel Auswahl in unserem Kleiderschrank. Da bestand die Wahl zwischen dem roten und dem blauen Kleid – oder umgekehrt. Mehr gab es für ein Kind nicht. Und die jüngeren durften selbstverständlich auch immer die Sachen der älteren Schwestern auftragen.

Wir wurden nicht gefragt, was wir anziehen wollten, da wurde angezogen, was die Mutter sagte, und es gab auch keinerlei Diskussion. Ich kann mir kaum vorstellen, dass es uns deshalb an irgendetwas fehlte, zumindest, was die Kleidung betrifft. Keine von uns wäre auf den Gedanken gekommen, dass wir zu wenig Auswahl zum Anziehen oder dass die hübschen Kleider die falsche Farbe hätten. Wenn ich mich in meinem heutigen Umfeld umhöre, sieht das inzwischen ganz anders aus. Da werden die Kleinstkinder schon gefragt, was sie denn heute anziehen wollen. Auswahl gibt es genug.

Mir wurde erst sehr viel später bewusst, dass meine Mutter eine gute Schneiderin war und so ganz nebenbei hübsche, selbst genähte Kleidchen für uns entstanden. Als ich sie danach fragte, woher sie denn die Stoffe hatte, die Nähfäden und das Zubehör, wo es doch noch gar kein Internet gab und man nicht auf Knopfdruck einfach alles bestellen konnte, hat sie mir Folgendes erklärt: »In unserem Dorf gab es ein kleines Geschäft, indem man das Nötigste für den Alltag kaufen konnte. Alles andere, auch die Stoffe, gab es im nächsten Dorf zu kaufen. Dorthin bin ich regelmäßig gelaufen. Nur vergessen durfte ich nichts, denn ich musste die Strecke mit euch Kindern zu Fuß zurücklegen. Ich besaß eine alte Tretnähmaschine von meiner Mutter, darauf habe ich euch viele schöne Kleidchen genäht.«

Es war die Zeit, in der die ersten Waschmaschinen auf den Markt kamen und für meine Mutter war diese neue Errungenschaft im Haushalt eine große Erleichterung, zumal 1964 ihre vierte und letzte Tochter geboren wurde und es noch immer Unmengen von Windeln und sonstiger Wäsche zu waschen gab. Von Pampers konnte man damals nur träumen.

In diesem Dorf wohnten wir bis zum Abschluss meiner dritten Klasse. Ich war etwa neun Jahre alt.

So sehr ich mich auch bemühe, eine Erinnerung an diese Wohnung auszugraben, in der ich scheinbar gewohnt, gelebt, gegessen und geschlafen habe, bleibt da nur ein großes, schwarzes Loch. Einen Brunnen, in den man blickt, aber man sieht nichts als unendliche Dunkelheit. Es bleibt mir verborgen, wie tief der Brunnen ist.

Einmal fragte mich jemand, dem ich dieses Bild als Beispiel für meine dürftige Erinnerung schilderte, ob ich denn schon mal eine Taschenlampe genommen hätte, um in diesen Brunnen zu leuchten. Das habe ich bisher nicht getan. Vielleicht auch, weil in meiner Vorstellung die Dunkelheit tiefschwarz und undurchdringlich ist. Mit dieser Tatsache musste ich mich abfinden.

In Gedanken sitze ich auf einer Treppe vor unserer Haustüre.

Die Familie ist drinnen, während ich draußen sitze. Exakt bis zu dieser Haustüre reicht auch meine Erinnerung. Was dahinter ist, bleibt mir verborgen.

Hier draußen bin ich sichtbar und kann alles sehen.

Drinnen bin ich die Unsichtbare und habe diese Rolle wohl so perfektioniert, dass ich einfach alles für nicht existent erklären kann.

Übrigens habe ich es viele Jahre später einmal gewagt, in Begleitung meiner jüngsten Schwester dieses Haus aufzusuchen. Ich wollte herausfinden, ob die Möglichkeit bestehen würde, dass die verloren gegangenen Erinnerungen wiederkämen. So machten wir uns zu zweit auf den Weg und fuhren in die alte Heimat. Wir hatten natürlich keine Ahnung, was uns erwarten würde, ob das Haus überhaupt noch stand und ob es eine Möglichkeit geben würde, es zu betreten. Aber so genau wollten wir es auch gar nicht wissen. Sich aufzumachen und mit viel Angst und Zittern in die Nähe des Hauses zu begeben, erforderte zumindest von mir schon jede Menge Mut.

Wir fanden es auf Anhieb. Es sah noch genauso aus wie in unserer Erinnerung. Wir parkten unser Auto und stiegen aus. Einen wirklichen Plan hatten wir nicht. Ich hätte sicher nicht den Mut aufgebracht, einfach so zu klingeln. So schlichen wir langsam an dem Haus vorbei, immer auf die Fassade starrend. Da sahen wir auf einem der zwei übereinander liegenden Balkone zwei Menschen sitzen. Sie hatten uns entdeckt, wunderten sich über unser neugieriges Verhalten und sprachen uns an.

Das war die Gelegenheit, unser Anliegen vorzubringen und höflich zu fragen, ob es möglich wäre, die Wohnung von innen anzuschauen. Wir staunten nicht schlecht, als sich herausstellte, dass der Sohn des damaligen Eigentümers jetzt die Wohnung bewohnte. Er konnte sich sogar noch an unseren Familiennamen erinnern und die beiden luden uns zu sich ein. So saßen wir kurze Zeit später mit dem Ehepaar auf dem Balkon und tauschten uns über die Vergangenheit aus. Auch der Mann, der Sohn des Hausbesitzers, hatte schmerzliche Erinnerungen an seine eigene Kindheit und er hatte während seiner Erzählung mit den Tränen zu kämpfen. Schließlich kramte er aus einem Stapel alter Bilder ein Foto heraus, auf dem ich und meine älteste Schwester inmitten anderer Kinder im damaligen Kindergarten zu sehen waren.

Die beiden hatten sehr viel Verständnis für unseren Wunsch, die ehemalige Wohnung zu besichtigen und boten an, uns in aller Ruhe

in der oberen Wohnung umzusehen, die zu der Zeit gerade leer stand.

Wir gingen eine Treppe höher und öffneten vorsichtig die Tür, um alles in Ruhe anzuschauen.

Ich war voller Spannung und in Erwartung eventueller, wiederkehrender Erinnerungen.

Aber trotz dieses Aufenthaltes vor Ort und des Inspizierens aller Räume blieb die Erinnerung weitgehend aus, bis heute. Trotzdem möchte ich das Ereignis nicht missen. Es tat gut, sich mit jemanden auszutauschen, der dort zur selben Zeit gewohnt und dieselbe Schule besucht hatte. Für mich war es ein Wunder, dass wir ausgerechnet an einem Tag gekommen waren, an dem beide zu dieser Zeit auf dem Balkon saßen. Normalerweise, so erklärte uns die Frau des Hauses, wäre sie um diese Zeit beim Arbeiten. Heute hatte sie sich freigenommen, da sie ihr Sohn besuchen wollte.

Gibt es solche Zufälle? Oder ist es so, wie es in einem Sprichwort heißt: »Zufall ist das, was dir von Gott zufällt?« Ich neige zu Letzterem.

Im März 1964 wurde dann die vierte und letzte meiner Schwestern geboren. Die, mit der ich später diesen Besuch unternahm.

Wir anderen waren inzwischen drei, fünf und sechs Jahre alt. Ich war längst nicht mehr die Kleinste und Jüngste, aber ich blieb doch ‚die Kleine'. Mein Essverhalten hatte sich nicht wirklich gebessert. Auch die dritte Schwester war eine gute Esserin. Sie hatte ihre Freude an guten, herzhaften Speisen und entwickelte einen kräftigen Appetit. Damals hatte ich mit allerlei Krankheiten zu kämpfen. Das bewirkte natürlich, dass ich noch schmächtiger wurde und mich nur langsam von meinen Krankheiten erholte. Wenn ich dann zum Essen gezwungen wurde, kam es vor, dass ich oft alles wieder ausspuckte, denn mein kleiner Körper war einfach nicht in der Lage, Nahrung aufzunehmen.

Leider hatten meine Eltern nach wie vor wenig Verständnis für mein Essverhalten. Sie hielten mich vielmehr für ein außergewöhnlich bockiges Kind, das mit allen Mitteln zum Gehorsam erzogen werden musste. Das einzig Gute an ‚der Kleinen' war, dass sie sich auffallend ruhig verhielt. Man hörte mich kaum schreien oder rufen. Selbst, als ich krank war, lag ich still in meinem Bett und rührte mich nicht, sodass meine Mutter, wie sie mir später erzählte, hin und wieder nachschaute, ob ich überhaupt noch lebte.

Tagsüber funktionierte meine ‚Unsichtbarmachentaktik' ganz gut. Abends, wenn der Vater von der Arbeit nach Hause kam, ging der Plan nicht so ganz auf, denn er bestand darauf, all seine Mädchen beim Abendessen um sich zu versammeln. Er freute sich, wenn es ihnen schmeckte und sie tüchtig zugriffen. Selbst die Jüngste entwickelte sich zu einer guten Esserin und aß, was auf den Tisch kam. Nur ‚die Kleine' eben nicht.

Ich aß noch immer wenig und in einem solchen Schneckentempo, dass es regelmäßig zu Ärger führte. Da konnte ich noch so still sein, diese Schwäche blieb nicht verborgen.

Vielleicht fragt sich ja der ein oder andere Leser jetzt, woher ich das alles weiß, wo ich doch angeblich keinerlei Erinnerung an meine Kindheit habe. Alle diese Infos habe ich zusammengetragen. Es hat tatsächlich sehr lang gebraucht, bis ich überhaupt realisierte, dass mir ein guter Teil meiner Kindheitserinnerungen fehlte. Viele Jahre hatte diese Tatsache in meinem Erwachsenenleben kaum eine Rolle gespielt.

Ich lebte in der Gegenwart, kümmerte mich um meine Kinder und ließ die Vergangenheit hinter mir. Wenn ich ab und zu in einem Buch Geschichten las, in denen von schönen, unbeschwerten Kindheitstagen die Rede war, wurde ich doch hin und wieder stutzig und ich realisierte, dass bei mir jegliche Erinnerungen an meine eigenen Kindheitstage verschwunden waren. Ich fühlte mich sogar schuldig, dass ich die gute, alte Zeit so einfach vergessen hatte.

Nach und nach wurde mir bewusst, dass da irgendetwas mit mir nicht stimmte. Aber auch diese Erkenntnis brachte noch keine Veränderung mit sich. Als ich mich einem damaligen Seelsorger anvertraute und mich besorgt äußerte, dass ich darunter leide, einen massiven Gedächtnisverlust zu haben, was meine Kindheit betrifft, hatte er einen guten Ratschlag aus der Verhaltenstherapie für mich parat. Er empfahl mir, mich einfach nicht so wichtig zu nehmen. Ich sollte das Empfinden nicht überbewerten, denn es gehörte einer längst vergangenen Zeit an. Stattdessen sollte ich mich lieber auf die Gegenwart konzentrieren.

Das Gespräch bewirkte das Gegenteil von dem, was ich erwartet hätte. Ich entwickelte Schuldgefühle, dass ich mich zu wichtig genommen hatte. Ich vergrub alle Gedanken an meine Vergangenheit noch tiefer in dem tiefen Brunnen und schüttete diesen noch bis oben hin zu. Es sollte nun wirklich nichts mehr nach oben dringen. Ich wollte mich zusammenreißen und nicht mehr darüber reden, wie sehr mich die Gedanken quälten, schmerzten und ich unter dem Verschweigen litt. Es gingen dann noch etliche Jahre ins Land, bis ich mich meiner Vergangenheit stellte.

Ich wurde irgendwann neugierig und wollte herausfinden, wie das damals war. Meine Schwestern wussten noch viele Geschichten aus unserer Kindheit und haben mir ein gutes Bild wiedergegeben. Auch meine Mutter hat mir viel erzählt. Bemerkenswert fand ich einen

Satz, den sie noch kurz vor ihrem Tod am Telefon zu mir sagte: »Pass gut auf dich auf! Um dich habe ich mir immer Sorgen gemacht.«

Das tat sie ganz offensichtlich immer noch, wenn mir ihr Sorgen auch weitestgehend unbemerkt blieben. Im gleichen Satz meinte sie: »Um deine jüngste Schwester musste ich mir keine Sorgen machen.«

Warum das so war, konnte ich nicht herausfinden. Es bestätigte nur das Bild des sogenannten Sorgenkindes, das ich nun mal war.

Dienstag, 27. Januar 2004:

Hatte am Abend ein sogenanntes Seelsorgegespräch. Aber wenn ich dachte, es würde mir irgendwie weiterhelfen, so wurde ich enttäuscht. Ich bekam zwei kopierte Zeitungsartikel in die Hand gedrückt, bei denen es hauptsächlich um den Sinn oder Unsinn geht, sich mit seiner Kindheit auseinanderzusetzen. Ich muss nach deren Meinung lernen, meine Vergangenheit anzunehmen, mein sogenanntes Unglück zu akzeptieren, da es keinen Anspruch auf Glück gibt und ich an der Vergangenheit eh nichts mehr ändern kann. Ich muss vergeben und mein Leben, die Vergangenheit, das Gegenwärtige und das Zukünftige, Gott, Jesus, dem Heiligen Geist hinhalten und alles ist gut. Das alles ist eine reine Willensentscheidung und es liegt allein an mir, ob ich glücklich und zufrieden oder unglücklich und unzufrieden bin. So einfach liest sich das. Wer würde sich da freiwillig fürs unglücklich Sein entscheiden?

Im Grunde heißt es für mich, so weitermachen wie bisher. Das Leben in die Hand nehmen und sich lebensfähig zeigen, arbeiten und so tun, als wäre nichts gewesen, als wäre da nichts, was mich belastet. Ich bin doch stark. Ich habe doch einen starken Willen. Ich schaffe das schon. Ob das die Lösung ist? Ich weiß nicht so recht.

Ich bin Gott auf jeden Fall dankbar für mein bisheriges Leben, das ich mit NICHTS hätte verdienen können. Es war einfach nur Geschenk, Gnade, Barmherzigkeit und unverdiente Liebe.

Danke, danke, danke, Vater, Sohn und Heiliger Geist, danke für ALLES.

Erinnerungen

Lasst uns dankbar sein gegenüber Menschen, die uns glücklich machen. Sie sind liebenswerte Gärtner, die unsere Seele zum Blühen bringen.

Marcel Proust

Während die Erinnerung an die elterliche Wohnung nahezu ausgelöscht ist, entsinne ich mich an die Ereignisse, die außerhalb stattfanden, noch sehr deutlich: Begegnungen mit Menschen, die meinen Weg kreuzten. Gerüche, die ich sehr intensiv wahrnahm. Tiere, die ich in freier Wildbahn entdeckte. Das Erleben, dass Menschen mir freundlich und wohlwollend begegneten.

Da ist zum Beispiel meine Kindergärtnerin, die mir noch lebhaft im Gedächtnis geblieben ist. Nicht ihre Art, aber ihr Aussehen. Tante Hulda hatte stets eine große, blütenweiße, frisch gestärkte Schürze umgebunden, braune Locken zierten ihren Kopf und sie hatte ein gütiges Lächeln.

Eine andere ‚Tante' war die Nachbarin, die in der Wohnung über uns wohnte. Sie war nicht wirklich unsere Tante, aber wir nannten sie ‚Tante Selma'. Sie wurde die Patentante meiner jüngsten Schwester.

Tante Selma war gebürtige Österreicherin, eine junge, lebenslustige, quirlige Frau. Sie besaß ein eigenes Auto, war unabhängig und unternahm allerlei. So hatte sie zum Beispiel ein Pferd, um das sie sich kümmerte. Ihre Arbeit als Lehrerin im nächstgrößeren Ort erforderte eine gewisse Offenheit und Aufgeschlossenheit. Sie hatte dunkle, halblange Haare, die sie zu einer damals modischen Hochfrisur toupiert hatte und war immer geschminkt. Sie trug schicke, enge Hosen, wie sie damals Mode waren und einen lässigen Pullover darüber, der ihre schlanke Figur betonte. Für meine Mutter wurde diese Frau zu einer guten Freundin. Sie war eine Quelle sprühenden Lebens, nachdem sich meine Mutter auch sehnte, während sie zu Hause mit ihren kleinen Kindern beschäftigt war.

Den Mann der Nachbarin sprachen wir allerdings nicht mit Onkel an, wie man vielleicht annehmen könnte. Er war ein gemütlicher Mann, der eine gewisse Ruhe ausstrahlte. Überhaupt mochten die beiden es in ihrer Umgebung eher ruhig. Sie schlossen mich, als die stillste und pflegeleichteste unter uns vier Schwestern, besonders in ihr Herz. Durchaus möglich, dass sie mich ein klein wenig adoptiert haben, wer weiß.

Seltsamerweise kann ich mich an ihr Sofa im Wohnzimmererinnern. Das befand sich genau über unserem Wohnzimmer. An unser eigenes erinnere ich mich nicht. Auf ihrem jedenfalls saßen jede Menge Steiff-Tiere, in Reih und Glied sauber aufgereiht. Ich wusste damals nicht, dass diese Art Spielzeug wohl besonders wertvoll ist und manche Menschen sich Steiff-Tiere einfach als Geldanlage zulegen. Die silbernen Knöpfe im Ohr mit dem jeweils gelben Fähnchen sind mir jedenfalls im Gedächtnis geblieben. Zum Spielen waren diese Plüschtiere jedoch nicht, wenn auch das Verlangen danach groß war.

Hier kommen mir sogar Erinnerungen an gemeinsame Mahlzeiten in den Sinn, die ich mit den beiden eingenommen habe. Ich erinnere mich an selbst gemachte, österreichische Knödel, die mit Pflaumen oder Mirabellen gefüllt und mit Weckmehl umhüllt waren, oder auch an eine Tomatensoße aus Tomatenmark mit Spaghetti. Komischerweise weiß ich dagegen von keinem einzigen Essen, das es bei uns zu Hause gab.

Wie gesagt, die beiden hatten mich in ihr Herz geschlossen und so durfte ich auch zu vielen Terminen mitkommen, weil ich niemals störte, immer ruhig auf meinem Platz saß und keinen Ärger machte. Zum Reiten nahm mich die Tante auch mit oder mit in ihre Schule, wo ich in der Klasse saß und malte. Einmal muss ich wohl mit den beiden auch in Österreich bei Verwandtschaftsbesuchen mit dabei gewesen sein. Ich habe in meinen Unterlagen eine Postkarte aus Österreich gefunden, unterschrieben mit »Grüße von der Kleinen«, da war ich gerade mal viereinhalb Jahre alt.

Meine Mama erzählte mir später, dass die österreichische Mutter der ‚Tante' mich tatsächlich ganz zu sich nehmen wollte, so sehr hatten sie mich liebgewonnen.

An meinem sechsten Geburtstag bekam ich von dieser Tante einen kleinen, blauen Hund geschenkt, der auf einer Tafel Schokolade befestigt war. Vielleicht auch, weil sie meine glänzenden Augen beim Anblick der vielen schönen Steiff-Tiere auf ihrem Sofa bemerkt hatte. Den kleinen Hund besitze ich noch heute, auch wenn er inzwischen etwas ramponiert und entstellt ist.

Ich habe ihn damals Wauzi genannt und neulich erst aus meiner untersten Schublade ausgegraben. Ich habe sogar einmal einen Brief in ihn hineingenäht, den ich in einer für mich verzweifelten Situation geschrieben hatte.

Was genau der Inhalt war, weiß ich nicht mehr.

Dass ich ihn nach so langer Zeit noch immer besitze, ist für mich schon wichtig. Das hat damit zu tun, dass ich ihn nach einem fürchterlichen Erlebnis mit einem anderen Stofftier von mir besonders hütete und versteckte, damit er nicht in falsche Hände geriet.

Als Kind hatte ich einen schönen, großen Stoffhund. Er war mit Holzwolle gefüllt, wie es damals üblich war. Nicht kuschelig und anschmiegsam, sondern fest und hart und unbeweglich, aber von mir heiß geliebt. Irgendwann entschieden meine Eltern, dass ich lang genug damit gespielt hätte, und mein kleiner Liebling landete im Feuer. Wie es zu dieser Aktion kam, kann ich nicht mehr sagen. Vielleicht wollte man mich für irgendeinen Ungehorsam nachhaltig bestrafen. So fühlt es sich zumindest im Rückblick für mich an. Es schmerzte sehr. Solch ein Schmerz wollte ich mir niemals mehr zufügen lassen.

Deshalb hütete ich nun den vergleichsweise winzigen Ersatzhund wie meinen Augapfel.

Es erschreckt mich, dass ich all meine vorhandenen Gefühle aus meinem Leben verbannt hatte. Es war, als würde ich mir nicht mehr erlauben, zu fühlen. Besser nichts, als ständig Schmerzhaftes zu fühlen. So entwickelte ich mich zu einem gefühllosen Wesen. So wirkte ich vielleicht auf andere Menschen und auf meine Umgebung.

Komischerweise bin ich lange Zeit davon ausgegangen, dass unsere Familie schon immer in Besitz eines fahrbaren Untersatzes war. Vielleicht auch, weil ich mich an die Zeit davor nicht erinnere. Meine Mutter hat mir erzählt, dass das ganz und gar nicht der Fall war.

Als sie in dem klitzekleinen Dorf wohnten, musste mein Vater anfangs immer zu Fuß zur Arbeit durch den angrenzenden Wald in den nächsten Ort laufen. Meist begleitet vom Nachbarn, der ja ebenfalls in unserem Haus wohnte und in der gleichen Firma arbeitete. Erst viel später machte unser Vater den Führerschein und kaufte auch einen VW-Käfer. Er hatte nun wesentlich mehr Freiheiten und konnte auch zur Arbeit fahren. Auch einige Frauen im Dorf, meist Bauersfrauen, machten den Führerschein. Die Straßen füllten sich langsam mit Autos. Nach und nach wurden die Schotterpisten Stück für Stück asphaltiert. Meine Mutter verpasste es zu dieser Zeit, den Führerschein zu machen, später hatte sie nicht mehr den Mut dazu.

Die Lüge

Ich habe zwei wichtige Dinge gelernt: erstens, dass ich ein großer Sünder bin und zweitens, dass Jesus ein noch größerer Heiland ist.

Issak Newton

Ich habe ja schon erzählt, dass das Zweifamilienhaus, indem wir wohnten, auf einem Berg ziemlich weit oben direkt unterhalb des angrenzenden Waldes lag. Hier sagten sich buchstäblich Fuchs und Hase gute Nacht. Tatsächlich hatte sich schon mal ein Fuchs in unserer Garage verirrt und die Rehe aus dem nahen Wald suchten ihr Frühstück in unserem Gemüsegarten. Für uns vier Mädchen war es ideal. Wir konnten draußen spielen, ohne auf Autos oder Nachbarn Rücksicht nehmen zu müssen.

So spielten wir auch draußen an jenem heißen Tag im Sommer, an den ich mich als sichtbare Kleine so gut erinnere. Ich mag so etwa fünf Jahre alt gewesen sein und war an diesem Tag in den Besitz von 50 Pfennig gelangt. Ich hatte sie wohl gefunden und ohne lang zu überlegen, beschloss ich, mir dafür ein Eis zu kaufen. Nun war die Eisdiele nicht etwa nebenan, sondern ich musste den steinigen Weg hinunter ins Dorf marschieren, wofür ich bestimmt zehn Minuten brauchte. Im Dorf angelangt, konnte ich nicht einfach in einen Laden stiefeln. Nein, Eis gab es nur in der Dorfwirtschaft. Sich zu trauen, dort hineinzugehen, war eine große Sache für ein kleines, schüchternes, fünfjähriges Mädchen.

Nachdem ich eine Zeit lang mit mir gerungen hatte, fasste ich mir schließlich ein Herz und trat ein. Drinnen waren die ganzen Männer des Dorfes versammelt. Es muss also ein Samstag oder Sonntag gewesen sein.

Zielstrebig und nur mit dem Gedanken, möglichst schnell wieder rauszukommen, streckte ich mein Geld hin, bekam mein Eis und wollte schon wieder gehen, als mir beinah das Herz stehen blieb. Dort, an dem großen, runden Tisch, saß mein Vater und er hatte mich gesehen. Was nun?

Da er mich zu sich winkte, blieb mir nichts anderes übrig, als zu ihm zu gehen.

Das Verhör begann:
»Was machst du da?«
»Ich hole mir ein Eis.«
»Weiß die Mama davon?«
»Ja, die Mama hat`s erlaubt.«
»Na gut, dann geh mal wieder heim, aber ich will dich nicht noch mal hier rumtreiben sehen.«

Ich machte schleunigst kehrt und ging froh, dass ich so glimpflich davongekommen war, wieder nach Hause.

Doch draußen traf es mich wie ein Schlag. Bis zu dem Zusammentreffen mit meinem Vater war mir das Ungeheuerliche meines Tuns nicht bewusst und irgendwie sah ich darin auch überhaupt nichts Unrechtes.

Doch nun war es geschehen: Ich hatte gelogen. Ohne mit der Wimper zu zucken, hatte ich meinen Vater angelogen und behauptet, dass meine Mutter über meinen unerlaubten Ausflug informiert wäre. Das war sie natürlich nicht, denn es war mir gar nicht in den Sinn gekommen, irgendeinem Menschen über meinen einsamen Entschluss zu informieren. Ich bin einfach losgelaufen. Daran, dass sich meine Eltern vielleicht sogar Sorgen machen könnten, weil ich einfach mal verschwunden war, habe ich ebenfalls keinen Gedanken verschwendet.

Mag sein, dass Kinder einfach noch nicht so weit denken, sondern nur eben das Naheliegende tun oder ich eben nur mit mir und meinen Gedanken beschäftigt war. Das lässt sich im Rückblick schlecht sagen. Aber dass ich gelogen hatte, das drang in dem Moment sehr wohl in mein Gedächtnis. Und diese Lüge allein war es, die mir das Gewissen schwer machte, und mir wurde ganz elend zumute bei dem Gedanken, meinen Vater bewusst angelogen zu haben.

Ich weiß nicht mehr, wie ich nach Hause kam oder wie das Eis geschmeckt hat. Nur eines weiß ich sicher: Meine Mutter hat von meinem Ausflug nichts bemerkt und ich war natürlich heilfroh, als ich wieder zu Hause war. Von diesem Tag an habe ich zumindest versucht, nicht mehr zu lügen.

Eines hatte ich gelernt, für alle Zeiten: Das schlechte Gewissen hinterher ist keine einzige Lüge wert. Mir jedenfalls nicht.

Schulstart

Dass uns eine Sache fehlt, sollte uns nicht davon abhalten, alles andere zu genießen.

Jane Austin

Als ich sechs Jahre alt war, wurde es Zeit für mich, die Schule zu besuchen. Die erste Klasse bestand aus fünf Kindern, die alle aus dem kleinen Dorf stammten und mit denen ich zuvor im Kindergarten war. Der Dorflehrer unterrichtete die beiden ersten Klassen in einem einzigen Klassenzimmer. Andere Lehrer gab es nicht und so hatte er alle Hände voll damit zu tun, gleich zwei Klassen parallel das Rechnen, Schreiben und Lesen beizubringen und dafür zu sorgen, dass die Kinder für die weiteren Schulklassen im nächstgrößeren Ort gerüstet waren.

Meine Klasse bestand aus zwei Jungs und drei Mädchen. An den Dorflehrer habe ich noch lebhafte Erinnerungen. Er war in meinen Augen der netteste Lehrer, den man sich denken kann. Er war jung, sah gut aus und hatte einen kurzen, dunkelblonden Lockenkopf, der sein immer freundliches Gesicht umrahmte. Niemals hörte ich von ihm ein böses oder lautes Wort und ich erinnere mich, wie er mich auf einer Klassenwanderung die ganze Zeit fürsorglich an der Hand führte. Jedenfalls fühlte ich mich in seiner Gegenwart sicher und geborgen.

Mit Beginn der Schule erweiterte sich auch mein Horizont. Zu Hause war ich praktisch unsichtbar. Sobald ich die Wohnung verlassen konnte, wurde ich lebendig. Dadurch, dass ich nun zur Schule musste, entzog ich mich auch ein Stück dem elterlichen Einfluss und fing an, diese Freiheit zu genießen.

Betrat ich jedoch die Wohnung, hüllte ich mich wieder in Schweigen und Ruhe. Inzwischen hatten sich nicht nur meine Eltern, sondern die gesamte Verwandtschaft ein Urteil über mich gebildet. Heute würde man das vielleicht freundlich und wohlwollend ausdrücken und behaupten, ich war eben ein besonderes Kind.

Für mich gab es damals kein wohlwollendes Wort. Ich galt als bockig, faul und stolz. Bockig, weil ich wohl erziehungsresistent war und alle Versuche, mich erzieherisch zum Essen, oder besser noch, zum schnellen Essen zu bewegen, erfolgreich abwehrte. Faul, eben zu faul zum Essen, sodass ich, öfter als mir lieb war, den Satz zu hören bekam: »Wie man isst, so schafft man!«.

Langsam zu essen, war gleichbedeutend mit langsamem Arbeiten. Das bedeutete dann, zu faul zum Essen und zum Schaffen, also arbeiten, zu sein. Dieser Makel, dass ich faul war, blieb lange Zeit meines Lebens an mir haften. Ich glaubte es am Schluss selbst und meine ständige Unruhe, mein Rödeln und Werkeln waren mein Versuch, mir selbst und anderen zu beweisen, dass es eben nicht so war.

Außerdem galt ich auch noch als besonders stolz, da ich mir wohl zu fein dafür war, mit der lieben Verwandtschaft zu reden, wie es meine Oma, die Mutter meines Vaters, einmal ausdrückte. Ihrem strengen, kritischen Blick und ihren scharfen, verurteilenden Worten, mit spitzer Zunge ausgesprochen, war ich hilflos ausgeliefert. Insgesamt war ich immer kränklich und nicht so robust und widerstandsfähig wie meine Schwestern.

Zu meiner eigenen Sicherheit zog ich es damals vor, zu schweigen und dadurch nicht wahrgenommen zu werden, als zu reden und negativ aufzufallen.

Die zwei Jahre Grundschulzeit waren die unbeschwertesten in meinem unrühmlichen Schulleben und wenn ich auch nichts mehr davon weiß, ahne ich, dass ich sie genossen habe.

Ebenso geht es mir mit dem unerkannten, unbekannten Bedürfnis nach Liebe und geliebt zu werden.

Ich habe sicher auch unbemerkt durch viele liebenswerte Menschen in meiner Umgebung Liebe erfahren und ich weiß auch heute gewiss, dass Gottes unveränderbare, bedingungslose, alles umfassende Liebe jederzeit um mich war.

Neue Schule

Nichts kann einem die Tür zu sich selbst besser öffnen als ein Spaziergang.

Mark Twain

Ab der dritten Klasse mussten wir dann mit dem Bus in ein etwa drei Kilometer entferntes Dorf zur Schule fahren.

Die Zeit mit unserem netten, verständnisvollen Lehrer war vorbei und ich musste feststellen, dass leider nicht alle Menschen dieser Berufsgattung mir wohlgesonnen waren. In der neuen Schule gab es für jedes Schulfach einen eigenen Lehrer oder eben eine Lehrerin. Die Rechenlehrerin, eine taffe, junge Frau aus Köln, hatte mich dabei besonders im Visier. Ich weiß noch, als ich in einer Arbeit einmal eine Zwei schrieb und die Lehrerin zu mir sagte: »Das hast du doch bestimmt abgeschrieben.«

Ich war zwar selbst erstaunt über die zwei, hatte aber wirklich nicht abgeschrieben. Die ganze Klasse lachte mich dann auch noch aus, weil ich mich verteidigen wollte. Bei derselben Lehrerin hatten wir auch Zeichnen.

Einmal bestand unsere Aufgabe darin, mit Wachsmalstiften einen Baum und seine Bewohner zu zeichnen. Ich muss gestehen, dass das Zeichnen eins der Fächer war, das ich gern mochte. So machte ich mich also an die Arbeit und malte eine Maus am Boden zwischen den Wurzeln, einen Vogel oben im Gipfel, einen bunten Specht mit einem spitzen, langen Schnabel und ein Eichhörnchen, das auf einem Ast saß.

Das Eichhörnchen malte ich mit rotbrauner Farbe, so, wie ich es kannte, wenn wir es am Waldrand zwischen den Bäumen umherhuschend beobachten konnten. Doch nachdem das Kunstwerk fertig war, brachte die Lehrerin es wieder fertig, mich vor der ganzen Klasse bloßzustellen: »Es gibt doch keine roten Eichhörnchen!«, meinte sie laut und spöttisch und die Klasse fand es wiederum so lustig, dass mich alle auslachten.

Wie tief diese Kränkung bei mir war, erkannte ich damals nicht wirklich. Wahrscheinlich hatte ich nicht damit gerechnet, außerhalb unserer Wohnung mit fremden Menschen negative Erfahrungen zu machen. Bis dahin war das für mich immer eine Art Schutzzone, in der ich lebendig sein durfte und mich nicht im wahrsten Sinne totstellen musste, um zu überleben.

Es gab einen Jungen in der Klasse, den ich wirklich gern hatte. Er hatte ein lustiges Lachen, ein rundes, rosiges Gesicht und strohblonde Haare: Anton. Er wohnte in unserem Nachbarhaus und war schon in den ersten beiden Klassen mit mir zur Schule gegangen.

Er lachte immer mit, wenn die anderen lachten. Wenn ich ihn dann auf dem Nachhauseweg fragte, warum er auch lachte, obwohl er doch wusste, dass ich recht hatte, sagte er immer: »Wenn ich nicht mitmache, spielen die anderen Jungen nicht mehr mit mir.« Diese Antwort beruhigte mich immer wieder.

Normalerweise fuhren wir mit dem Schulbus zurück. Anton und ich wurden aber auch häufig von unseren Vätern immer abwechselnd von der Schule abgeholt. Manchmal gingen wir gemeinsam den längeren Weg über einen Hügel und durch den Wald nach Hause.

Die Geschichte mit dem Eichhörnchen hatte tatsächlich mehr Auswirkungen, als ich mir hätte vorstellen können. Jedenfalls muss ich von meiner Enttäuschung und meiner Sicht der Dinge zu Hause erzählt haben. Zu der Zeit war auch mein Onkel, der jüngste Bruder meines Vaters, bei uns zu Besuch, der von der Geschichte erfahren hatte und sich diese sehr zu Herzen nahm.

Später hat mir meine Mutter erzählt, dass er damals öfter bei uns zu Gast war. Ich selbst kann mich daran nicht erinnern. Da er zehn Jahre jünger war als mein Vater, muss er ungefähr 23 oder 24 Jahre alt gewesen sein.

Er war auf der Suche nach einem Ziel für sein Leben. Er hatte das Bäckerhandwerk gelernt und wechselte häufig seine Arbeitsstellen.

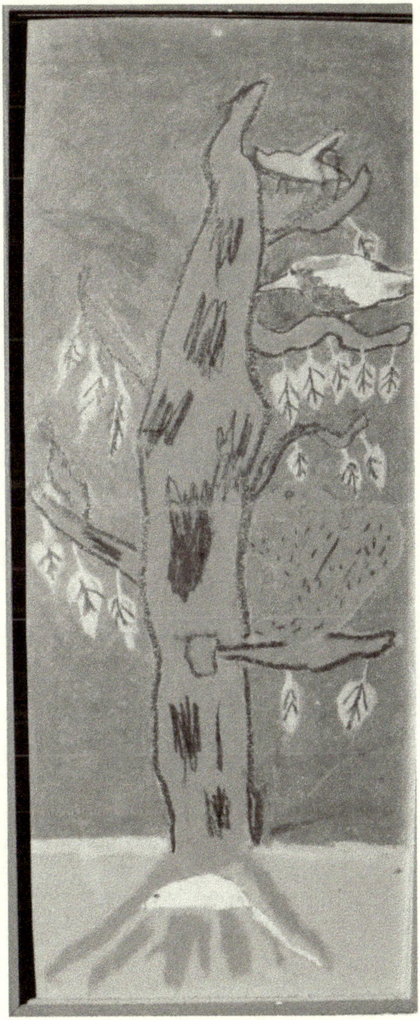

Mein Vater, der große Bruder, übernahm so etwas wie eine Vaterrolle und kümmerte sich um ihn.

Dieser Onkel nahm das ‚missglückte' Bild, scheute weder Kosten noch Mühen und ließ das ‚Kunstwerk', das ein Ausmaß von 30 x 60 cm hatte, professionell rahmen.

Damals konnte ich diesen Aufwand und die Mühe, die er sich mit dem Bild machte, nicht würdigen. Jetzt, im Nachhinein, wenn ich darüber nachdenke, staune ich über so viel Einfühlungsvermögen. Übrigens hat das Bild sämtliche Umzugs- und Ausmistmaßnahmen erstaunlich gut überstanden und hängt jetzt an einer unauffälligen Wand in unserem Gästezimmer und erinnert mich regelmäßig an die Geschichte.

Ganz sicher war ich auch als sichtbare Kleine ein recht stilles, ruhiges und unauffälliges Mädchen. Das heißt aber nicht, dass ich nicht auch auf meine stille Art den kleinen Aufstand probte. So geschehen in der dritten Klasse.

Wie groß meine innere Not gewesen sein muss, wurde mir auch erst viel später klar, als ich darüber nachdachte, was ich da eigentlich gemacht habe. Ich muss diesen Entschluss irgendwann gefasst und dann auch tatsächlich umgesetzt haben, einfach mal für eine Stunde zu verschwinden.

Wir mussten immer morgens mit dem Bus zur Schule fahren und an diesem Tag hatten wir in der ersten Stunde Rechnen bei der bekannten Lehrerin, die mir regelmäßig das Leben schwer machte. Da ich überhaupt keine Lust hatte, dieser Lehrerin unter die Augen zu treten, schwänzte ich einmal ganz einfach die erste Stunde. Wie immer, fuhr ich morgens mit den anderen in die Schule. Doch anstatt zur Schule zu gehen, machte ich einen ausgiebigen Spaziergang über die Wiesen und Felder und erschien dann pünktlich zur zweiten Stunde.

Ich glaube, es ist nicht mal jemandem aufgefallen, dass ich gefehlt habe, mir hat es aber gutgetan.

Erste Freundin

Wenn du glaubst, wirst du den Tod nicht als Punkt, sondern als Komma sehen.

Afrikanisches Sprichwort

Damals lernte ich auch meine erste, richtige Freundin kennen. Unsere Väter waren Arbeitskollegen und hatten sich gegenseitig über ihre Familien und die Kinder ausgetauscht. So lernten wir uns kennen. An sie habe ich noch schöne, bleibende Erinnerungen. Sie war das einzige Kind ihrer Eltern und wurde von ihnen liebevoll umhegt und auch verwöhnt. Ich genoss einfach ihre Gegenwart und die Tatsache, dass sie erstens ein eigenes Zimmer für sich allein hatte und zweitens, dass ihre Wünsche fast immer erfüllt wurden.

Ich habe ein paarmal bei ihr zu Hause übernachtet. Sie hatte zu meinem Erstaunen unter ihrem Bett eine kleine Kiste, in der sie Kellerasseln sammelte. Das fand ich zwar seltsam, aber auch irgendwie faszinierend, dass jemand sich mit so etwas beschäftigen konnte.

Ihre Mutter war eine wunderschöne, schlanke Frau mit langen, schwarzen Haaren. Ihr Vater eher etwas wortkarg. Sie hatte sich fest vorgenommen, wenn sie erwachsen war, Archäologin zu werden. Dieser Berufswunsch passte zu den Plänen der Familie. Denn sie erwarben zu der Zeit eine waschechte Burg mit allem Drum und Dran, mit Zugbrücke, Ritterrüstungen und Speeren an der Wand.

Ich war vielleicht ein- oder zweimal dabei, als sie das Objekt ganz frisch erworben hatten und war einfach fasziniert und begeistert. In dieser Umgebung konnte man tatsächlich ins Schwärmen geraten und sich gut vorstellen, Schätze auszugraben und irgendwo eine Kiste mit alten Goldstücken zu finden.

Auch als wir später umzogen, schrieben wir uns noch eine Zeit lang regelmäßig und tauschten uns über unsere Erlebnisse aus. Sie berichtete mir in etlichen Briefen von den Fortschritten bei der Renovierung der Burg. Unter den vielen Antiquitäten in einem Schrank fand sie ein altes Kochbuch, von dem sie restlos begeistert war. Einmal hatte sie ein Rezept daraus fein säuberlich abgeschrieben und mir voller Begeisterung zugeschickt. Mit der Zeit wurden allerdings die Briefe weniger und wir verloren uns schließlich ganz aus den Augen.

Viele Jahre später, als ich schon verheiratet war und unsere beiden Söhne zwei und drei Jahre alt waren, fuhr ich mit meinem Mann und den Kindern einmal auf einer Spazierfahrt eher zufällig an dieser Burg vorbei. Alte Erinnerungen wurden plötzlich wieder wach. Normalerweise gab es keinen offiziellen Fahrweg dorthin, aber wir fuhren einfach den privaten Weg hoch und plötzlich standen wir vor der Zugbrücke und dem geschlossenen Tor. Da wir nun schon mal da waren, klingelte ich auch und stellte mich mit meinem Mädchennamen vor. Natürlich hätte es gut sein können, dass sich dort niemand mehr an mich erinnerte, aber da ging die Tür auf und ein Mann erschien im Türrahmen. Erst beim zweiten Hinschauen erkannte ich den Vater meiner damaligen Freundin. Er konnte sich tatsächlich noch an mich erinnern und bat uns, einzutreten.

Wir folgten ihm über den kurvenreichen Hohlweg hinauf, auf alten Pflastersteinen zum Burgeingang. Oben angekommen, führte er uns in eine schön renovierte Stube an einen warmen Kachelofen.

Ich war natürlich gespannt darauf zu hören, wie es ihm ging, und auch, was aus meiner Freundin und ihren Plänen geworden war. Aber anstatt eines stolzen, glücklichen Lächelns sprach sein Gesicht ganz andere Bände. Trauer und eine Art Leblosigkeit waren darin zu lesen.

Dann begann er zu erzählen: Meine Freundin hatte im selben Jahr, wie ich geheiratet, und alle schienen im Glück zu schwelgen. Auf ihrer Hochzeitsreise hatte sie allerdings einen Autounfall, bei dem sie tödlich verunglückte. Ihr damaliger Mann überlebte den Unfall schwer verletzt und heiratete später wieder.

Nun konnte ich verstehen, dass praktisch alles Leben aus diesem Mann gewichen war. Die Welt hatte er seinem einzigen Kind zu Füßen gelegt und ihr jeden Wunsch von den Augen abgelesen. Die Burg, der ganze Stolz der Familie, sollte ihre Wirkungsstätte werden. Und mit einem Schlag waren alle Pläne zunichte, nichts war mehr wirklich wichtig. Die Ehe hatte diesen Schicksalsschlag nicht verkraftet und seine erste Frau trennte sich von ihm.

Die Frau, die jetzt an seiner Seite saß, konnte diese ganze Trauer nicht auffangen und mir schien es, sie sorgte sich einfach darum, dass er hier nicht vor Trauer und Einsamkeit starb. Aber ich hatte den Eindruck, es tat ihm gut, mit jemanden über seine Tochter zu reden, der sie gekannt hatte, als sie noch voller Ideen und Zukunftspläne und sprühendem Leben war.

Zum Schluss schenkte er mir noch ihr altes Kochbuch, von dem sie mir in ihrem letzten Briefe so begeistert erzählt hatte. Sie war einer der wirklich wenigen Menschen, an die ich eine bleibende, lebendige und auch schöne Erinnerung habe.

Haus und Hof

Glück entsteht oft durch Aufmerksamkeit in kleinen Dingen. Unglück oft durch Vernachlässigung kleiner Dinge.

Wilhelm Busch

Zwar hat die ‚unsichtbare Kleine' kaum Erinnerungen an Menschen oder menschliche, familiäre Begegnungen, dafür kann sich die ‚sichtbare Kleine' ganz genau an die Umgebung rund um das Haus erinnern, in dem die Familie zur Miete wohnte.

Wie schon gesagt, lag das Haus oben auf dem Berg eines kleinen Dorfes, und das Grundstück grenzte direkt an einen Wald. Zur Straße hin, über den Garagen, befand sich in beiden Etagen ein lang gezogener Balkon. Rechts vor dem Haus, noch bevor man die Garagen erreichte, war eine Steintreppe, die etwas weiter oben zum Eingang hinter dem Haus und auf einen großzügigen, weitläufigen Hof führte. Sie schlängelte sich durch einen Blumengarten, der rechts und links davon angelegt war.

Ich kann mich an den betörenden Duft der rosa Steinnelken erinnern, die im Sommer oberhalb der Steinmauer an der Treppe entlang üppig wuchsen und die harten, spitzen Mauerkanten unter sich begruben. Fotos aus meiner Kindheit erinnern daran, wie wir Kinder im Sommer in einem großen Zinkzuber planschten, den es damals in jedem Haushalt gab.

Der Hof war unser Spielplatz, wo wir uns ungestört austoben konnten. Ein Auto verirrte sich auch selten hier hoch.

An der oberen Stirnseite des Hauses, zum Wald hin, befand sich ein Gemüsebeet, in dem auch mal, ganz zum Ärger meines Vaters, ein Reh oder ein Feldhase auftauchte. Er war nicht erfreut darüber, dass ihm die Waldtiere die mühsam großgezogenen Gemüseleckerbissen aus dem Beet stibitzten.

Ich weiß noch, dass meine ältere Schwester und ich einmal ‚Fangis' spielten. Wir rannten hintereinander her und ich rief unentwegt: »Fang mich doch, da bin ich doch!«

Plötzlich erwischte sie mich. Sie hatte einen Stock in der Hand und traf mich so heftig am Hinterkopf, dass das Blut nur so über meine Haare rann. Ich glaube, wir waren beide ziemlich erschrocken und es war das letzte Mal, dass wir dieses Spiel miteinander spielten.

Wir mussten auch jeden Abend zum Bauern hinunter ins Dorf laufen, um frische Milch zu holen. Meistens waren wir zu zweit. Die volle Milchkanne nach Hause zu tragen, gestaltete sich immer als besonderes Abenteuer. Wir übten uns abwechselnd darin, die volle Kanne hochzuschleudern. Es war unser erklärtes Ziel, dass kein Tropfen der wertvollen Flüssigkeit verloren ging. Das gelang uns natürlich nur selten. Ich erinnere mich an unsere Ausreden, wenn die Kanne dann halt bei unserer Ankunft nur noch halb voll war und wir allen Ernstes behaupteten: »Die Kuh hat nicht mehr Milch gegeben!«

Eine etwas ungewöhnliche Essenserinnerung ist mir in lebhafter Erinnerung geblieben. Allerdings nicht das klassische Essen, was man an einem Tisch zu sich nimmt.

Ich befand mich ganz allein auf unserer damaligen Terrasse. Alle anderen Familienmitglieder waren drinnen. Ich weiß weder, ob es kalt oder warm, Winter oder Sommer oder etwas dazwischen war. Das alles spielt in meiner Erinnerung keine Rolle. Der wohlschmeckende Leckerbissen, den ich da verzehrte, war der frische, weiße Putz der Balkonwand. Es muss so eine Art Rauputz gewesen sein. Jedenfalls waren es relativ grobe, weiße Körner, die sich leicht mit dem Fingernagel von der Wand kratzen ließen. Diese Stücke steckte ich in meinen Mund und sie schmeckten außerordentlich köstlich. Zumindest in meiner Erinnerung. Wenn ich jetzt darüber schreibe, kann ich gut den Geschmack nachempfinden. Einerseits nach Kreide, andererseits aber nicht so trocken und staubig wie diese. Wie viel ich davon gegessen habe oder wie lang ich dort auf dem Balkon saß, das weiß ich nicht mehr, nur, dass eben schmeckte, was ich aß.

Ähnlich wie ich hin und wieder gierig eine halbe Packung Paprikachips mit wachsendem Genuss verzehre, so hat mir auch damals der frische, weiße Rauputz geschmeckt. Eine der wenigen Speisen, die mir im Gedächtnis geblieben sind.

Noch etwas kommt mir in den Sinn, wenn ich an diesen Moment zurückdenke. Mein Blick fiel durch die Terrassentür nach drinnen. Dort sah ich meinen Vater und meine Geschwister. In meiner Erinnerung war es da sehr laut und es ging ziemlich wild zu. Ich betrachtete die Szene wie ein Bild, das nichts mit mir zu tun hatte. Ich empfand nichts. Die geschlossene Balkontüre trennte die sichtbare von der unsichtbaren Kleinen.

Dieses Bild entspricht exakt dem Wachtraum, der mich aufrüttelte, bei dem ich ebenfalls hinter einer Scheibe stand und lediglich Beobachter war. Nur war es damals die knallharte Realität.

Montag, 19. Februar 2001:

Was ich nicht weiß, macht mich nicht heiß. Was ich aber weiß, macht mich heiß, glücklich, fröhlich, traurig, wütend, zornig oder was sonst noch.

Hatte einen seltsamen Traum. Darin ging es unter anderem um Zwillinge. Babys, zwei Mädchen. Nicht meine. Ich habe nur auf sie aufgepasst, sie betreut oder irgend so etwas.

Grad wollte ich sie ihrer Mutter oder wem auch immer zurückgeben.

Ich trug ein Baby hinaus und als ich das zweite holen wollte, war es einfachverschwunden. Kein Mensch wusste, wo, keiner, wer das Baby weggetragen hatte. Ich war verzweifelt, traurig und untröstlich. Da kam mir ein seltsamer Gedanke, den ich nicht einordnen konnte. Nur weil ich wusste, dass da ein zweites Baby existierte, war ich traurig. Hätte ich von dem zweiten Baby nichts gewusst, hätte ich mich von Herzen über das eine freuen können.

Aber so war die Freude dahin. Trauer machte der Freude Platz und das erste Baby verstand nicht, was geschehen war.

Warum keiner lachte, warum jeder weinte, warum, warum??
Und was blieb übrig für das Baby??

»Herr, ist es nicht manchmal besser, nicht so viel zu wissen und ein fröhlicher Mensch zu bleiben, als alles zu erfahren, aufzudecken und dabei in Traurigkeit zu versinken, über Tatsachen, die man sowieso nicht mehr ändern kann?
Ich weiß nicht, was wirklich besser ist.
Vater, kannst Du mir weiterhelfen?
Gibt es eine Antwort auf diese Frage?«

Krankheiten

Gott ist die Liebe, er liebt auch dich.

Liedtext, August Dietrich Rische (1852)

Wie schon erwähnt, war ich ein ziemlich kränkliches Kind. Ständig musste man mit mir zum Arzt und ich wollte einfach nicht so richtig gedeihen. Auch das weiß ich aus der Erzählung meiner Mutter. Sie beschreibt mich in etwa so: »Du warst immer ein sehr stilles Kind. Hast kaum geredet. Wenn du krank warst, lagst du mucksmäuschenstill in deinem Bett. Einmal hatten deine Schwester und du Keuchhusten. Das war eine schreckliche Zeit und du hast überhaupt nichts mehr gegessen. Deine Schwester ließ sich durch so etwas den Appetit nicht verderben. Du aber hast fast alles, was du gegessen hattest, wieder ausgespuckt. Damit hast du deinen Vater fast zur Weißglut gebracht und er hat dich regelmäßig dafür geschlagen, da du seiner Meinung nach zu faul zum Essen warst«.

Ich habe sie später gefragt, warum es denn so schlimm war, dass ich nichts gegessen habe. Sie meinte darauf: »Das war halt früher so, da mussten die Teller immer leer gegessen werden. Dieses Denken kam noch aus den schlechten Zeiten, als es fast nichts zu essen gab und niemand auf die Idee gekommen wäre, einfach das Essen zu verweigern.«

Irgendwann kamen meine Eltern auf die Idee, doch einmal einen Arzt um Rat zu fragen, ob vielleicht eine ernsthafte Krankheit hinter meiner Essensverweigerung steckte. So wurde ich zur Abklärung des Phänomens in ein Kinderkrankenhaus geschickt und gründlich untersucht. Dort verbrachte ich dann sechs Wochen unter der Obhut von treusorgenden Ordensschwestern in absoluter Isolation.

Isolation deshalb, weil meine Eltern mich nicht besuchen durften, denn zwischen Patienten und Besucher befand sich eine trennende Glaswand. Meine Mutter hat mir später oft erzählt, wie enttäuschend es für sie als Eltern war, dass ich sie hinter der Glaswand nicht erkannt habe: »Du saßest nur da, wie ein Engel, und hast dir geduldig von den Schwestern das lange, schwarze Haar kämmen lassen. Aber ein Zeichen des Erkennens gabst du nicht von dir.«

Das muss für meine Mutter ziemlich schwer gewesen sein. Als Ergebnis der Untersuchungen stand dann im Bericht des Arztes, dass ich eben mit einem kleinen Magen ausgestattet sei und deshalb nicht viel essen könne. Der Zusatz, dass ich ein ungewöhnlich stilles und ruhiges Kind sei, kam für die Eltern ebenfalls nicht überraschend, denn das hatten sie selbst schon festgestellt.

Mein Essverhalten hat sich allerdings durch den Krankenhausaufenthalt nicht positiv verändert. Höchstens, dass die Eltern der Meinung waren, ich sei dort unnötig verwöhnt worden und noch wählerischer mit den Speisen und bockiger als vorher. Das konnten sie nicht dulden.

Eine weitere Krankenhauserfahrung machte ich, als mir in einem kleinen, privaten Krankenhaus die Mandeln entfernt wurden. Die Maßnahme sollte dann unter anderem dazu führen, dass meine ständigen Erkältungen und Anfälligkeiten gegen jegliche Infektionskrankheit, die gerade kursierte, endlich nachließen. Mandeln entfernen hört sich harmlos an, war es aber nicht wirklich.

Bei manchem Kandidaten hinterließ die Prozedur nicht nur den Verlust zweier zwar nicht lebenswichtiger, aber eben vorhandener und durchaus auch sinnvoller Organe, sondern auch Schrecken und ein starkes Gefühl von Hilflosigkeit.

Die Operation geschah bei mir mit einer örtlichen Betäubung, aber bei vollem Bewusstsein. In meinen kleinen Kiefer wurde ein festes Metallgestell gesperrt, sodass ich den Mund nicht mehr schließen konnte. Dann schnitt mir der Arzt die Mandeln raus. Das Ganze hat noch Tage danach geblutet. Ich durfte anschließend im Krankenhaus bleiben und mich pflegen lassen. Mehrmals wurden nachts das blutige Laken und die Kopfkissenbezüge gewechselt und am nächsten Tag gab es haufenweise Eis zu essen, das die Wunden kühlen sollte.

Trotz dieser eigentlichen schmerzhaften und grausamen Erfahrung hatte ich auch ein schönes Erlebnis in diesem Krankenhaus. Ich denke, es war der Sohn des Arztes, der es sich zur Aufgabe gemacht hatte, singend und gitarrespielend von Zimmer zu Zimmer zu gehen, um die kleinen und großen Patienten zu erfreuen. Das brachte die Menschen wieder auf andere Gedanken und der Schmerz ließ sich schneller vergessen.

Im Alter von sieben Jahren entschieden meine Eltern, dem Rat verschiedener Ärzte zu folgen, und ich wurde vier Wochen in eine Kinderkur geschickt. Ihre Hoffnung war, das Sorgenkind, das ich nun mal war, auf die richtige Spur zu bringen. So landete ich in einem wiederum von liebevollen Ordensschwestern geführten Haus. Hier sollte ich ordentlich essen lernen und vielleicht ein bisschen Fleisch ansetzen. Das wäre der Idealfall gewesen.

Stattdessen habe ich etwas ganz anderes gelernt: Ich lernte den Text eines Liedes kennen, der mich den Rest meines Lebens nicht mehr losließ. Was dieser Text bedeutete, davon hatte ich damals keine Ahnung, aber ich habe ihn mir trotzdem gemerkt und in den unterschiedlichsten Situationen kamen mir diese zwei Sätze in den Kopf:

»Gott ist die Liebe. Er liebt auch dich.«

Ich habe mir keine Gedanken über Gott gemacht. Dass Gott Liebe sein sollte, sagte mir nichts. Was bedeutete Liebe überhaupt? Weshalb sollte dieser fremde Gott mich lieben? Ging mich dieser Text überhaupt etwas an?

Bewusst mit diesen Fragen beschäftigt habe ich mich noch lange nicht. Doch allein die Art, wie dieses Lied vorgetragen wurde, wie wir

Kinder in dem Erholungsheim es zu hören bekamen, war für mich eine wunderbare, bleibende Erfahrung.

Im Nachhinein betrachtet, war es das erste Mal, dass Gott bewusst Kontakt mit mir aufgenommen hatte. So könnte man das Erlebte vielleicht umschreiben.

Wenn es in seinem Wort heißt: *Darin besteht die Liebe: nicht, dass wir Gott geliebt haben, sondern dass er uns zuerst geliebt hat und gesandt seinen Sohn zur Versöhnung für unsre Sünden* (1.Johannes, 4, 10), dann war das seine Art, mir seine Liebe zu zeigen. Unendlich sanft und fürsorglich.

Das Haus wurde, wie schon gesagt, von Ordensschwestern geleitet. Man stellt sich darunter vielleicht ältere, in schwarz gehüllte Frauen unter Hauben vor, die streng auf die Disziplin der Kinder achten, immer natürlich zu deren Besten. Doch die Schwester, die uns das Lied beigebracht, oder besser, es uns vorgesungen, vorgetragen hat, war eine fröhliche, junge Frau. Ihr Lachen war ehrlich und ansteckend.

Wenn sie davon sang, dass Gott die Liebe ist und er auch mich liebt, dann war das die Erfüllung ihres jungen Lebens. Sie lebte diese Überzeugung aus jeder Pore ihres strahlenden Gesichts, denn das war das Einzige, was von ihrem Körper unter der weißen Ordenstracht wirklich zu sehen war. Schaute man in ihr Gesicht, sprang dem Gegenüber diese Liebe Gottes entgegen. Am allerliebsten hätte sie sicher jedem genau diese Fülle von Liebe geschenkt.

Das war der Eindruck, den ich von ihr hatte. Diese junge Schwester ging regelmäßig mit uns Kindern und ihrer Gitarre ausgerüstet, in einen Solekeller. Der feuchte, dunkle Raum roch intensiv nach Salz. Diese besondere Luft sollte zur Stärkung unserer Abwehrkräfte beitragen. Das Ganze wurde dann durch den Lobgesang der Schwester versüßt. Dort unten in den Katakomben sang sie jedes Mal das gleiche Lied.

Sicher hat sie noch viele andere Lieder mit uns gesungen. Mir ist aber nur dieses eine im Gedächtnis geblieben. Immer, wenn ich an diese zwei Sätze denke, bringe ich das automatisch mit dem Geruch der Salzsole und der gitarrespielenden Nonne in Verbindung. Ich rieche heute noch den Salzgeruch in der Luft und sehe die fröhliche Nonne förmlich vor mir.

Jahrzehnte später erst lernte ich bei einem privaten Treffen mit einigen Bekannten das ganze Lied kennen. Wir sangen zusammen aus einem Liederbuch verschiedene, christliche Lieder, während eine Person dazu Gitarre spielte und den Gesang begleitete.

Ganz überraschend begegnete mir hier das längst vergessene Lied wieder. Es rief in mir alte Erinnerungen wach. In der Folge wollte ich mehr über das Haus und die Ordensschwestern herausfinden, bei denen ich vor langer Zeit das Lied kennengelernt hatte. Einige Zeit später schrieb ich einen Brief an das noch vorhandene Haus, obwohl die damaligen Schwestern nichts mehr von mir wussten. Dieser späte Dankesbrief war mir ein Herzensanliegen.

Aus meinem Tagebuch: Samstag, 27. April 2002:

Ich habe mich entschlossen, den Worten Jesu mehr zu glauben als den Lügen und falschen Festlegungen in mir.

Mittwoch, 1. Mai 2002:

Mein Seelenleben, mein Innerstes, liegt vor mir wie ein offenes Buch und ich bin erschüttert über meine Reaktion. Ich habe jemanden umarmt, der das nicht wollte. Ich habe einen Job angenommen, ohne vorher Gott zu fragen, ob das okay ist und mich damit wieder einmal in den Vordergrund gedrängt. Doch ich musste erkennen, dass ich nur die Zweite Wahl bin.

Das sitzt. »Zweite Wahl«!

Meine Gedanken kommen wie eine Lawine ins Rollen und dem einen oder anderen ist mein Gesicht wie ein offenes Buch. Eigentlich habe ich mich über die Aufgabe gefreut, jetzt ist aber alles dahin. Nun brauch ich mich nicht wundern, wenn die Aufgabe eben auch nur 2. Wahl ist. Es gibt nichts Lähmenderes, als zu erfahren, dass man nur ein Lückenbüßer ist. Natürlich versichern mir alle, dass das nicht so ist, nur ein Missverständnis, ein Verständigungsproblem und dass ich mit meinen Gedanken völlig falsch liege. Aber es bleibt doch ein bitterer Nachgeschmack und ich glaube ihnen nicht. Man hört einfach nicht auf alle Gegenrede, sondern man hört nur den einen Satz, der so niederschmetternd war und alle Illusionen platzen lasst wie eine Seifenblase. Ich bin einfach zutiefst erschrocken über meine Empfindlichkeit. Sobald es um mich geht, reagiere ich wie eine Mimose. Ich spüre all die Verletzlichkeit, all die Empfindlichkeit in mir. Gott um Veränderungen zu bitten, heißt auch, dass alte Mauern eingerissen werden. Wenn aber der Schutz der Mauer fehlt, werden wir angreifbar. Solche und ähnliche Gedanken begleiten und quälen mich. Aber ich habe beschlossen, dass ich nicht mehr länger der Sklave meiner falschen Gedanken sein will.

Ich will nicht mehr länger abhängig sein von Gedankenmustern, die in mir ablaufen, wenn mir gerade jemand den falschen Ball zuspielt.

Ich will nicht mehr länger abhängig sein von Prägungen, Impfungen und Bindungen meiner Eltern. So gesehen ahne ich ganz leise etwas von dem, was Jesus meinte, als er sagte: »Wer nicht Vater und Mutter verlässt (oder wie es in manchen Übersetzungen heißt: „hasst'), kann nicht mein Jünger sein!«.

Ich ahne es erst und ich bitte Gott den Vater in Jesus Namen und des Heiligen Geistes um Weisheit und Verständnis und um die Kraft, diesen Weg konsequent zu gehen. Das heißt, Festlegungen aus meiner Kindheit erkennen und mich bewusst von ihnen zu lösen, auch wenn es schwerfällt und schmerzt. Aber um Jesus als Jünger dienen zu können, muss ich aus dieser Sklavenhaltung heraus.

Bitte, bitte, hilf mir, Herr.

Erscheinungen

Träumen ist der beste Beweis, dass wir nicht so fest in unserer Haut eingeschlossen sind, wie es scheint.

Friedrich Hebbel

Wenn ich darüber nachdenke, müssen ganz viele Erlebnisse meines Lebens, Gefühle und Empfindungen in einem geheimen Speicherdepot in meinem Kopf lagern. Ich habe gelernt, dass man dies das ‚emotionale Erfahrungsgedächtnis' nennt. Das sich wiederum in einen positiven und einen negativen Bereich im Gehirn teilt. Mit einer superschnellen Geschwindigkeit von 200 Millisekunden entscheidet dieser Teil des Gehirns, ob eine Situation positiv oder negativ zu bewerten ist. Es ist mir ein Rätsel, wie so viele Gedanken, Gefühle und Empfindungen in meinem kleinen Gehirn Platz haben. Gibt es da eine begrenzte Speicherkapazität?

Kommt da irgendwann dieses berühmte Ausrufezeichen im roten Dreieck, das mir unmissverständlich klarmacht. »Achtung! Halt! Stopp! Hier ist jetzt endgültig Schluss mit der ganzen Speicheraufnahme«? Ähnlich, wie ich mir auch die Leistung eines Akkus vorstelle, der mir dann endgültig sagt, dass der Akku jetzt leer ist und das Gerät, beziehungsweise das Gehirn seine Funktion einstellt. Oder ist der Speicher unbegrenzt und platzt eben nicht aus allen Nähten?

Zugegeben, es sind seltsame Gedanken, die mich da beschäftigen. Angenommen, ich habe wie die meisten Menschen dreimal täglich eine Mahlzeit zu mir genommen, habe gebadet, mich gewaschen, die Zähne geputzt und war natürlich täglich auch auf der Toilette, ich habe irgendwo auf einem Stuhl gesessen, habe mich unterhalten und sicher in meinem Bett geschlafen, dann ist das eine Menge Zeit, die in meiner Erinnerung fehlt und die mit Sicherheit irgendwo abgespeichert sein muss. Dass ich an das Innenleben, ich nenne es mal so, da es hauptsächlich das Leben innerhalb unserer Wohnung betrifft, null Erinnerungen habe, kann ich mit meinem Verstand nicht erfassen und verstehe es auch nicht.

Das Gute daran ist, und das ist wohl der allergrößte Gewinn aus der Gedächtnislücke: Ich kann mich auch an kein einziges, böses Wort erinnern, das ich gehört habe. Deshalb ist mir auch meine gesamte Familie in allerbester Erinnerung geblieben. Kein böses Wort von den Eltern, kein Zank, kein Streit, weder mit Eltern noch Geschwistern, nichts. Nichts Böses. Aber auch nichts Gutes.

Keinerlei Emotionen lassen sich bei mir finden, wenn ich an diese Zeit der Gemeinschaft mit der Familie denke. Eben auch kein gutes Wort, keine Ermutigung, kein Wort des Trostes oder irgendeine Art von Liebe. Nichts.

Es macht mich unendlich traurig, wenn ich darüber nachdenke, dass mir die Gesichter von unbedeutenden Personen wie der Kindergärtnerin oder des Lehrers im Gedächtnis geblieben sind, ich aber keinerlei Bilder von meinen eigentlichen Familienmitgliedern habe, weder von der Mutter noch von dem Vater und meinen lieben Schwestern. Das tut mir leid. Wie kann ich sagen, ich habe eine glückliche Kindheit gehabt? Genügt es, nichts zu wissen?

Es muss einen Grund für diese Teilamnesie geben, die sich auf mein ureigenstes Zuhause beschränkt. Ich weiß inzwischen, dass ich täglich geschlagen wurde. Das ist eine Tatsache, die mir meine Mutter schon mehrmals bestätigt hat. Bei einem der letzten Gespräche mit ihr, sie war inzwischen schon 84 Jahre, kam das Thema auch wieder zum Vorschein. Dabei meinte ich das erste Mal, so etwas wie Bedauern in ihrem Gesicht zu erkennen. Sie schlug die Hände vor die Augen und ich hatte den Eindruck, dass ein Stück Erinnerung in ihr auftauchte und ihr das, was ihr da in den Sinn kam, von Herzen leidtat. Sie litt sichtlich und mein schlechtes Gewissen machte sich wieder bemerkbar, ich machte mir Vorwürfe, dass ich sie mit meinem Gespräch quälte. Vielleicht war es aber auch eine Chance für sie, sich mit ihrer Vergangenheit zu versöhnen.

Sonntag, 28. Januar 2001:

Es geht um Mama.

Abends habe ich Mama angerufen und da wurde mir erst mal klar, dass sie in der gleichen Situation ist wie ich. Eine große Unruhe ist in ihr und ich habe ihr dringend geraten, zu einem Seelsorger zu gehen und sich auszusprechen.

Wie viel muss sie in Wirklichkeit in ihrem Leben durchgemacht haben? Ich glaube, ich kann es nicht ermessen. Wie sehr muss sie in ihrem Leben nach Liebe und Anerkennung gehungert haben, ohne jemals zu empfangen. Wie sehr muss ihre Seele verletzt worden sein, ohne dass jemals wirklich Heilung stattgefunden hat. Noch nie hat sie davon gesprochen, wie viele Tränen sie vergossen hat, wie viele Ängste sie ausstehen musste. Und wie viele Sorgen und Schmerzen ihr unser Papa, ihr Ehemann, wirklich bereitet hat. Ich kann es nun gut nachvollziehen. Schließlich geht es ihr gut. Sie ist finanziell versorgt. Dank Papa. Wie kann man es da wagen, irgendetwas Schlechtes zu sagen. Aber es wäre so wichtig, dass sie über ihre Schmerzen redet, um Heilung zu erfahren. Natürlich bleibt da eine gewisse Anklage nicht aus. Aber es geht dabei nicht um Anklage oder Verurteilung, sondern vor Gott seine Klage auszusprechen, seinen Schmerz hinauszuschreien und jämmerlich zu weinen über die verlorene Liebe, nach der man sich so sehnt. Ich wünsche mir von Herzen, dass Mama jemanden findet, bei dem sie sich ungeniert ausweinen kann, bei dem sie klagen kann, ohne sich zu schämen, der ganz viel Verständnis für sie hat und ihr zuhört.

»Ich weiß Herr Jesus, Du bist der Einzige und Richtige, Du alleine schenkst vollkommene Heilung. Aber ich bitte Dich auch darum, Mama auch die richtigen Menschen über den Weg zu schicken.«

Eine Nacht ist mir in jenem Haus, in dem ich als Kind wohnte, im Gedächtnis geblieben: Die kleine Unsichtbare wurde im Schlaf überrascht. In diesem entspannten Zustand des Schlafens hatte sie die selbst erwählte Unsichtbarkeit sowie alle Spannungen aufgegeben und war somit dem nächtlichen Geschehen schutzlos ausgeliefert.

Es mag seltsam klingen, wenn ich daran denke, dass ich zum damaligen Zeitpunkt vielleicht sieben oder acht Jahre alt war und keine positive, aber auch keinerlei negative religiöse Erfahrung hatte. Was wir mit Sicherheit taten, war, miteinander ein Abendgebet zu sprechen, bevor wir Kinder zu Bett gingen.

Ich bin klein, mein Herz ist rein, soll niemand drin wohnen als Jesus allein!

Die Worte sind mir im Gedächtnis geblieben, den Inhalt allerdings verstand ich erst viel, viel später. Ein Foto aus der Vergangenheit zeigt ganz deutlich, wie wir Kinder in Reih und Glied die Hände faltend auf einem Bett sitzen.

Der Glaube oder gar Gespräche über ihn spielten in unserer Familie nie eine große Rolle und ich erinnere mich auch an keinen Gottesdienstbesuch oder etwas Ähnliches. Darum ist dieses nächtliche Erlebnis umso erstaunlicher. Ich kann mit Bestimmtheit sagen, dass es für mich sehr real war und mich in Angst und Schrecken versetzte.

Wenn man bedenkt, dass ich keinerlei Erinnerung an die Wohnung habe, ist es umso trauriger, dass ausgerechnet diese Szene auch nach so vielen inzwischen vergangenen Jahren noch so lebendig ist: Es war stockdunkel und still, mitten in der Nacht und ich weiß, dass ich allein im Raum war. Als ich in jener Nacht aufwachte, wusste ich genau, dass sich der leibhaftige Teufel in meinem Zimmer befand und ich ihn wirklich gesehen habe. Diese Tatsache war für mich so sicher, wie das sprichwörtliche Amen in der Kirche oder die Gewissheit, dass am Morgen die Sonne wieder scheint.

Etwas Schrecklicheres kann man sich kaum vorstellen.

Todesangst überkam mich und mir stockte der Atem. Das heißt, dass ich plötzlich nicht mehr atmen konnte, wie gelähmt und atemlos dalag. Nur mit Mühe und als mir buchstäblich die Luft wegblieb, gelang es mir, mich zum Atemholen zu zwingen. Nicht, dass mich jemand gewürgt hätte, aber die Atmung hörte einfach auf. Es gibt eine Redewendung, die spricht davon, dass jemand vor Angst der Atem stockt. Das drückt es in etwa aus.

Wenn das Ganze noch nachts geschieht und man mitten aus dem Schlaf heraus damit konfrontiert wird, ist es, als ersticke man gerade bei lebendigem Leib. Erstarrt lag ich da, nicht mehr in der Lage, mich zu rühren oder auch nur den Brustkorb zu heben oder zu senken. Jede noch so kleine Bewegung wollte ich vermeiden. Das Gefühl, das ich damals hatte, wiederholte sich noch mehrmals in meinem Leben. Es geschah immer mal wieder nachts, dass ich einfach nicht mehr atmen konnte.

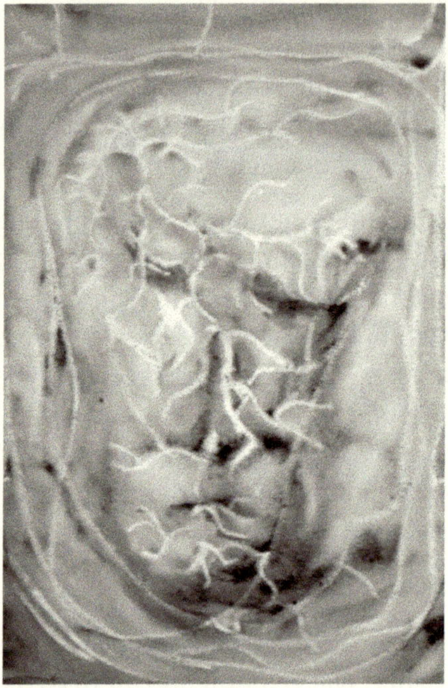

Sicher war die Erscheinung nur ganz kurz, aber in der Erinnerung zieht sich diese Schrecksekunde zu quälend langen Minuten hin.

Schließlich muss ich doch wieder zu mir gekommen und in jener Nacht schreiend zu meinen Eltern gelaufen sein und um Hilfe gerufen haben. Aber wer würde schon einem Kind glauben, das behauptet, es hätte den Teufel gesehen?

Im krassesten Gegensatz dazu steht eine ganz andere, ungewöhnliche Begegnung. Sowie Himmel und Hölle, gut oder böse nicht unterschiedlicher sein können, so war auch diese zweite Erscheinung: Sie fand bezeichnenderweise außerhalb der Wohnung statt, in einer Umgebung, in der ich mich sicher fühlte. Genauer gesagt, sogar mitten im Dorf, in dem wir wohnten. Auch diese Begegnung kann ich voller Überzeugung als außergewöhnlich bezeichnen. Sie ereignete sich bei einer kleinen Kapelle, die sich in der Mitte des Dorfes befand.

Diese kleine Kapelle stand an der Kreuzung zwischen der Hauptstraße und dem Weg, der zu unserem Haus führte. Wenn wir zum Kindergarten oder zur Schule hinunter ins Dorf gingen, mussten wir immer nach dem Überqueren einer kleinen Brücke an dieser Kapelle vorbei, die rechts neben dem Weg lag.

Einmal, ich erinnere mich noch gut an die Begegnung, sah ich um diese unscheinbare, kleine Kapelle einen Engel schweben. Obwohl ich damals noch nichts über Engel wusste, konnte ich dieses Wesen als Engel identifizieren. Es war für mich ebenso klar und eindeutig, wie der Teufel, der mir erschienen war. Das Wesen, das da in luftiger Höhe schwebte, schaute mir ins Gesicht.

Ja, ich bin sicher, er hatte mich fest im Blick. Ich schaute staunend nach oben und freute mich einfach über die luftige, leichte, helle Erscheinung. Der Engel zauberte lediglich ein Lächeln auf mein Gesicht und es fühlte sich so ungeheuer entspannend und sicher an, zu wissen, dass er da war.

Das tat einfach gut.

Jahre später schrieb mir Mutter in mein Poesiealbum:
Ein lichter Engel hält die Wacht, vor deines Herzens Tür.
Er ist auf all dein Tun bedacht, auf jedes Wort von dir!

Dazu malte sie ein wunderschönes, passendes Bild:

Die Engelserscheinung von damals entsprach in etwa diesem Spruch.

Es erinnert mich daran, dass in der Bibel die Rede davon ist, dass die Engel dieser Kleinen jederzeit Gott schauen:

Seht zu, dass ihr nicht einen von diesen Kleinen verachtet. Denn ich sage euch: Ihre Engel im Himmel sehen allezeit das Angesicht meines Vaters im Himmel.

Matthäus 18,10.

Damals konnte ich damit noch nichts anfangen, aber im Rückblick bin ich der Überzeugung, meinem Engel begegnet zu sein.

Ich habe nie jemandem davon erzählt, dennoch habe ich die Begegnung in mir getragen und nie vergessen.

Dienstag, 26. Januar 1999:

Ich glaube, ich führte ein Doppelleben. Tagsüber normal, möglichst unauffällig, nachts vor Angst erstarrt. So wie heute Nacht. Ich habe gespürt, wie es war.

Damals. Lauschen auf die Dinge, die rings um mich geschehen und dabei den Atem anhalten. Die Angst von irgendwem bemerkt zu werden, lässt einem vor Bewegungslosigkeit erstarren. Man lauscht angestrengt nach allen Seiten und hofft, dass keiner merkt, dass man wach ist, jedes Wort hört und mitkriegt, was um einen herum gesprochen wird.

Man atmet möglichst ruhig und gleichmäßig und vermeidet, selbst den kleinen Finger zu rühren, aus Angst auf sich aufmerksam zu machen.

Die Angst in dieser Nacht überfällt mich und erinnert mich an meine Kindheit. Angst auch nachts aufs Klo zu gehen, weil hinter der Klotür ein fremder, böser Mann stehen könnte. Ich frag mich, ob mein nicht mehr atmen können, an das ich mich aus mancher Nacht in meiner Kindheit erinnere, auch daherkommt. Das war schrecklich. Man ist so beschäftigt, den Atem anzuhalten, absolute Ruhe und Bewegungslosigkeit auszuüben, dass man plötzlich nicht mehr atmen kann. Man glaubt, zu ersticken und hofft auf Rettung. Panik macht sich breit.

Bis sich endlich die Starrheit löst und man wieder einen tiefen Atemzug machen kann. Die Angst, entdeckt oder angesprochen zu werden, hat mich immer stiller gemacht.

»Danke mein guter Gott und Vater, wieder hast Du mich einen Schritt weiter zu meiner Kindheit geführt.«

Dritter Umzug

Wenn ich auch gleich nichts fühle von deiner Macht.
Du führst mich doch zum Ziele auch durch die Nacht!

Julie Hausmann

Als ich acht Jahre alt war, zogen wir wieder um. Bis dahin hatten sich in unserer Familie schon etliche Dramen abgespielt, von denen ich damals natürlich noch nichts ahnte.

Während meine Mutter nach wie vor in der Isolation des abgelegenen Dorfes wohnte und sich um die vier Mädchen kümmerte, mit denen sie vollauf beschäftigt war, genoss mein Vater wachsendes Ansehen in der Firma. Er war ehrgeizig, aber auch ungeheuer von sich überzeugt.

Dass er eine stattliche Erscheinung war und auf ein gepflegtes Äußeres achtete, bemerkte auch die Damenwelt an seinem Arbeitsplatz. Das tat seinem Geltungsbedürfnis natürlich gut, und er genoss die Aufmerksamkeit um seine Person. So entwickelte sich eine Freundschaft mit einer anderen Frau. Später hat er erklärt, diese Frau wollte unbedingt ein Kind von ihm. Das war eine gute Erklärung für sein Fremdgehen und rückte sein Ego in das rechte Licht.

Tatsache aber war, dass er seine Frau betrog, die Fürsorge für seine Kinder vernachlässigte und sich mehr und mehr zu dieser Frau hingezogen fühlte. Meine jüngste Schwester war damals gerade mal ein Jahr alt und meine Mutter vielleicht nicht mehr die attraktive, junge Frau, die er einmal geheiratet hatte.

Zu Hause erwarteten ihn nur Vorwürfe und das dauernde Kindergeschrei und so kann man vielleicht erklären, dass er die Flucht ergriff und sich andere Vergnügen suchte. Eine Entschuldigung für sein Verhalten soll das aber nicht sein. Das war dann auch die Zeit, die mir meine Mutter später einmal beschrieb, als wir durch dieses Dorf fuhren und ich sie fragte, wie das denn war damals. Da erzählte sie scheinbar völlig unbeteiligt und so, als ginge es um eine völlig fremde Person oder als hätte sie die Geschichte in einem Buch gelesen.

Tagebuch, Dienstag, 4. Dezember 2001:

Der Tag des feierlichen Gelöbnisses unseres Sohnes beim Bund. Ein großer Tag. Mama ist da und wir fahren in die Kaserne. Die Strecke ist uns inzwischen vertraut. Der eigentliche Vorgang des Gelöbnisses findet im Freien statt. Es ist kalt und regnerisch, aber wir ziehen das durch. Wir schauen uns die Stube an, die er mit fünf anderen Kameraden teilt. Und ich glaube, er ist glücklich und froh, dass wir da sind.

Dann die Heimfahrt. Mein Mann sitzt am Steuer und meine Mutter und ich auf dem Rücksitz. Wir fahren über die drei angrenzenden Dörfer nach Hause. Es sind die Ortschaften meiner und Mamas Vergangenheit. Draußen ist es dunkel und man sieht nicht viel. Dennoch klebe ich an den Lippen meiner Mama, die scheinbar ohne Emotionen ein paar Fetzen unserer Vergangenheit von sich gibt:

»In den drei Dörfern hat sich an der Hauptstraße wenig geändert: Hier der Friseur, zu dem ich gelaufen bin. Daneben der kleine Laden zum Einkaufen, dort das Wirtshaus ‚Lamm'. Hier an der Straße bin ich mit euch vier Kindern gelaufen. Die Jüngste war noch im Kinderwagen und ihr hattet alle weiße

Mützen auf. Hier war ich unterwegs auf dem Weg nach nirgendwo, nachdem mir euer Papa erklärt hat, er hätte jetzt eine andere und er bräuchte uns nicht mehr. Ich hab euch angezogen und bin gegangen. Hier auf der Strecke hat uns Papa dann mit dem Auto wieder eingesammelt.

Eingangs des Dorfes war die Wirtschaft, in die Papa immer gegangen ist. Ein Stück weiter war die nächste. Rechts von der Straße war die Bahnschiene. An dieser Bahnschiene ist Papa immer entlanggelaufen, wenn er von der Wirtschaft wieder stockbesoffen nach Hause ging. Man sagt ja, Besoffene und Kinder haben einen besonderen Schutz. Ein Wunder, dass nichts passierte. Wie oft saß ich zu Hause voller Angst. Manchmal war er drei Tage verschwunden. Gerade vor den Feiertagen, und dann kam er nach Hause und war krank.

Einmal mussten wir den Christbaum an die Wand nageln und deine älteste Schwester hat mir dabei geholfen, weil Papa nicht dazu in der Lage war.«

In der Dorfmitte vor der kleinen Kapelle bogen wir nach rechts ab und fuhren die Straße hoch. Früher war das Haus, in dem wir wohnten, das letzte, nun sind oberhalb noch ein paar dazugekommen. Aber man sah nicht viel an diesem trüben, regnerischen Abend. Während Mama schweigend die Gegend betrachtete, unser altes Haus, in dem wir wohnten, sage ich ihr zum wiederholten Mal, dass ich mich fast an nichts erinnern kann, was in dieser Wohnung passiert ist. Weder an Menschen, *seien es Mama, Papa, Geschwister, noch an irgendeine Wohnungseinrichtung, wo ich gegessen oder geschlafen habe. Nur an den Balkon und an den Garten zur Haustür. Aber an nichts, was sich in dieser Wohnung abspielte. Das alles erzähle ich Mama.*

Und ich glaube, sie konnte nicht verstehen, dass ich darüber traurig bin. Ihr einziger Kommentar dazu war: »Da hast du nichts verpasst!«

Wenn ich meiner Mama zuhöre, erschrecke ich über ihre nüchterne Art zu erzählen. Sie erzählt nur Tatsachen, Geschichten, so, als hätte sie es irgendwo gelesen und nicht selbst erlebt. Nie kommt etwas über ihr wirkliches Empfinden über ihre Lippen. Nie auch nur ein schlechtes Wort von ihr über Papa.

Wir fahren weiter zum nächsten Dorf. »Hier hat Papa gearbeitet. Dort hinten wohnte eine Freundin von ihm, zu der er ziehen wollte. Bei einer anderen war er manchmal und hat euch öfter mitgenommen.«

Welches Drama sich hier wirklich abspielte, kann ich gar nicht ermessen.

So eine Geschichte konnte meine Mutter scheinbar emotionslos weitergeben und ich fragte mich oft, warum sie nicht zusammengebrochen ist oder vor Verzweiflung nur noch weinte. Sie weinte nie, eher hatte ich den Eindruck, dass sie von einer anderen Person erzählte.

Im September wurde dann der uneheliche Sohn meines Vaters geboren. Von ihm haben wir Kinder ein paar Jahre später erfahren, als Vater in einem seiner sentimentalen Augenblicke uns Kinder darüber informierte. So hart und streng er war, konnte es durchaus vorkommen, dass er wegen anderer Dinge in Tränen ausbrechen konnte. Dann wollte er uns auch an seinem Unglück teilhaben lassen, denn sich zu verstellen oder sich für Tränen zu schämen, war nicht seine Art. Er trug seine Emotionen immer an die Öffentlichkeit und sein Gesicht war wie ein offenes Buch, in dem man lesen konnte, was gerade dran war.

Damals konnten wir das Gesagte nicht wirklich erfassen und nahmen diese Information relativ gelassen als Tatsache, ohne weitere Reaktion oder Regung, hin.

Er sah diesen Sohn in seinem Leben nie, übernahm aber die volle Verantwortung für dieses Kind. Er war stolz, endlich auch einen Sohn gezeugt zu haben und nicht nur Mädchen, denn das hatte er sich immer gewünscht.

Bei unserem letzten gemeinsamen Spaziergang erzählte er mir dann noch einmal seine Sicht der damaligen Ereignisse: »Ich habe damals beim Fürsten von Hohenzollern gearbeitet und war viel unterwegs, während eure Mama mit euch vier Kindern zu Hause war. Da war eine Sekretärin, die unbedingt von mir ein Kind haben wollte. Diesen Sohn habe ich später auch als meinen eigenen anerkannt, obwohl ich ihn nie zu Gesicht bekommen und ihn niemals kennengelernt habe. Aber ich habe die Alimente für ihn bezahlt.«

An jenem Abend sagte er allerdings auch, dass es durchaus sein könne, dass der Sohn gar nicht von ihm sei. Damals hätte er einen Bluttest machen lassen sollen, doch das wäre ihm zu teuer gewesen. Wie auch immer, nur Gott weiß, wie es wirklich war.

Nach dem Tod unseres Vaters tauchte bei meiner Schwester und mir irgendwann der Wunsch auf, diesen Sohn, der ja unser Bruder war, kennenzulernen. Wir versuchten, über die sozialen Medien Kontakt aufzunehmen, aber leider reagierte er auf unsere Anfrage nicht und so ließen wir den Plan wieder fallen.

Im Sommer, nach Abschluss der dritten Klasse, zogen wir dann wieder in eine größere Stadt um. In dieser Stadt hatte meine Mutter nun endlich die Möglichkeit, alles Nötige selbst einzukaufen, ohne ständig auf die Hilfe von meinem Vater angewiesen zu sein.

Auch hier wohnten wir wieder in einem Mehrfamilienhaus. Die Stadt war zwar größer und bot etliche Vorteile, allerdings lebten die Menschen hier viel isolierter und zurückgezogener als in einem Dorf. Zwischen den Nachbarn bestand eine gewisse Anonymität, und ich lernte nie jemanden kennen, der ebenfalls dort wohnte. Unsere neue Terrassenwohnung war nur durch eine Treppe zu erreichen. Von der Hauptstraße oben führten etwa 20 Stufen runter, wo sich verschiedene Wohneinheiten befanden. Von dort ging es noch einmal 20 Stufen nach unten. Am Ende der langen Treppe befand sich dann ein Fußweg.

Die neue Arbeitsstelle meines Vaters war in der angrenzenden Schweiz, er musste jeden Morgen mit dem Zug dorthin fahren und kam dann erst spät wieder pünktlich zurück, um, wie er es liebte, mit seiner Frau und den vier Töchtern Abend zu essen. Um 17 Uhr hatte jeder in der Familie da zu sein. Unsere Familie war ja mit zwei Erwachsenen und vier lebhaften Mädels nicht gerade klein und es musste eigentlich im Haus jede Menge Trubel geherrscht haben. Das stelle ich mir so vor. Wissen tue ich es nicht.

Auch hier ändert sich nichts daran, dass ich die Umgebung genau beschreiben kann, Treppen, Straßen und Wege kenne, aber weder Küche, Bad noch Schlafzimmer in meiner Erinnerung vorhanden sind. Als hätte ich dort nicht gelebt.

Es gibt auch hier zwei oder drei Szenen, die sich in dieser Wohnung, abspielten und an die ich mich doch noch erinnere. Eine Erinnerung ist die folgende:

Ich wachte mitten in der Nacht auf und war höchst alarmiert. Ich war zehn oder elf Jahre alt und lag im Bett meiner Eltern. Es war ziemlich ungewöhnlich, dass ein Mädchen in dem Alter noch im Bett der Eltern schlief. Später fragte ich meine Mama, warum ich in ihrem Ehebett geschlafen hatte und sie antwortete: »Du warst immer die Ruhigste. Deshalb konntest auch nur du im Bett der Eltern schlafen und dein Bett stand deinem Onkel Alfred zur Verfügung, der uns besuchte.«

Das klärt im Nachhinein zumindest meinen Aufenthalt im elterlichen Bett.

In jener Nacht kam Onkel Alfred, der jüngste Bruder meines Vaters, völlig aufgelöst nach Hause. Er und Papa waren wie so oft auf einer nächtlichen Kneipentour. Wie immer, hatten sie viel zu viel getrunken und Papa war auf dem Heimweg im Dunkeln auf einer nassen Wiese ausgerutscht und hatte sich das Bein gebrochen. Anschließend landete er zur Versorgung seines Bruchs im Krankenhaus.

Tagebuch, Sonntag, 9. November 1997:

Drei Wochen, nachdem Papa überraschend gestorben ist:
Du, Herr, führst mich und ich bitte Dich, mach mich jederzeit bereit, mich Deiner Führung zu überlassen, denn Du führst mich wunderbar.

Lass mich jederzeit den Weg erkennen, auch bei Dunkelheit und Nebel.

Vertrauensvoll will ich meine Hand ausstrecken in der Gewissheit, dass Du sie ergreifst. Du leitest mich mit Deinen Augen.

Und Deine Augen sehen sanfter, liebevoller als es einem Menschen je möglich ist. Ein Stückchen davon hast Du mir in Deiner Gnade gezeigt. An Papa. Mit Liebe, verzeihend, ohne Anklage konnte ich ihn sehen und mit seinem Tod umgehen.

Wie viel größer wird Deine Liebe sein, Dein Verzeihen, Du gütiger, gerechter Gott.

Danke für diesen Lichtblick, den Du mir gezeigt hast.

Die erste Jeans

Der beste Weg, sich selbst eine Freude zu machen, ist, zu versuchen, einem anderen Freunde zu bereiten.

Mark Twain

Eine der wenigen Erinnerungen betrifft meine erste Jeans. Schon lang war es mein Wunsch gewesen, eine Jeans zu besitzen. Für meinen Vater war das ein absurder Wunsch. Er kleidete uns Mädchen gern ein. Am allerliebsten mit schönen Kleidern. Manchmal mussten wir alle vier das Gleiche anziehen.

Obwohl zu jener Zeit das Geld immer knapp und die Miete in der Stadt ungeheuer teuer war, machte es meinem Vater Freude, mit der ganzen Familie einkaufen zu gehen. Ich erinnere mich an manche Shoppingausflüge in späteren Jahren. Keine von uns wollte sich so einen Ausflug entgehen lassen. Wenn es meinem Vater gefiel, mit uns einkaufen zu gehen, dann spielte Geld keine Rolle. Wir durften uns aussuchen, was uns und natürlich ihm gefiel und er verlor nie ein Wort über die Kosten. Er liebte es, uns schön gekleidet zu sehen und achtete natürlich auch bei sich selbst auf eine gepflegte Erscheinung.

Es konnte auch vorkommen, dass er sich hin und wieder einen schicken Anzug leistete oder meiner Mutter ein schönes Schmuckstück kaufte. Großzügigkeit war wirklich eine der guten Eigenschaften meines Vaters.

Damals aber, als ich meinen Jeanswunsch äußerte, wollte er nichts davon wissen. Doch meine Mutter hatte meinen Wunsch noch immer in den Ohren. Da kam mir eine glückliche Fügung zu Hilfe: Mama bekam von ihrem zehn Jahre jüngeren Bruder eine alte Jeans, die sie dann zu meiner großen Freude kurzerhand für mich umnähte. Das muss eine besondere Kunst gewesen sein, denn eine Herrenjeans für eine schmale Elfjährige umzuändern, erfordert doch einiges Geschick. Aber darüber machte ich mir keine Gedanken. Wie ich schließlich darin aussah, spielte für mich eine untergeordnete Rolle. Wahrscheinlich betrachtete ich mich nicht mal in einem Spiegel, sondern zog das gute Stück einfach an.

Glücklich trug ich meine erste Jeans.

Am Freitag, den 13. Juli 2018, während ich schon mit dem Schreiben dieses Buches beschäftigt war, öffnete mir ein Traum die Augen. Es war nur eine klitzekleine Momentaufnahme, ein kurzes Anheben eines Vorhangs, ein winziger Blick hinter die Kulissen. Aber es war so schrecklich für mich, dass ich es am allerliebsten gleich wieder vergessen hätte.

Diesen Traum möchte ich gern hier anfügen. Nicht, um irgendjemanden anzuklagen, aber um zu zeigen, dass alles, was mich beschäftigt hat, was in meinen Gedanken herumspukte und mich manchmal an meinem klaren Verstand zweifeln ließ, eben doch der Wahrheit entsprach. Es erklärt manches.

Tagebucheintrag Freitag, 13. Juli 201, 7:21 Uhr

Noch immer sitze ich entsetzt und schluchze und kann mich kaum beruhigen. Immer wieder laufen die Tränen aus meinen Augen und ich werde von einem inneren Schluchzen geschüttelt. Ungetröstet. Ungetröstet. Keiner, der mich in den Arm nimmt und mich tröstet und mir sagt, dass ich in Sicherheit bin. Das ist es, was ich brauche.

Heute Morgen, kurz vor dem Erwachen, hatte ich einen Traum, der mir in etwa gezeigt hat, wie das war in unserer Kindheit.

Darin ging es um Kinder, die einen Alkoholiker als Vater hatten. Die Familie war mit anderen unterwegs, oder sie hatten ein Treffen mit anderen der Familie, Familienfeier oder so ähnlich.

Die Mädchen hatten die hübschesten Prinzessinnenkleider an. Sie mussten die Schönsten sein. Der Vater verlangte, dass sie die besten und die schönsten sind, und er prahlte vor den anderen damit. Wenn sie sich dann schwach zeigten, wurden sie mit Schlägen bestraft. Eine andere Strafe war, dass er ihnen ihr Lieblingsspielzeug wegnahm, an das sie sich klammerten.

Ein Junge saß da und konnte sich kaum rühren vor Schmerzen. Er sagte nichts, aber man sah, dass er Schmerzen hatte. Ich habe auf seinem Rücken schreckliche, dunkelblaue Flecken entdeckt, die von den vielen Schlägen herrührten, die er bekam. Ich wollte mit ihm ins Krankenhaus, weil ich so erschrocken war und mir nicht zu helfen wusste. Aber jemand sagte zu mir, da könnten die im Krankenhaus auch nichts machen, da muss man warten, bis es wieder besser wird. Und dem Jungen hatte der Vater das Lieblingsspielzeug weggenommen und vergraben, weil er so schwach war. Und jetzt saß er da und trauerte um seinen Hund, auch wenn der nur aus Stoff war, durfte er nicht trauern, denn wenn er weinte, war er ja wieder schwach.

Oh, wie mir das Kind leidtat, aber ich konnte nichts machen, um ihm zu helfen. Er saß nur da wie ein Häufchen Elend, zusammengesunken. Er konnte sich vor Schmerz und Angst nicht rühren, weil er befürchtete, dass er sich wieder schwach zeigen würde und er die nächste Strafe zu erwarten hätte.

Die Mädchen in ihren auffälligen Prinzessinnenkleidchen taten, was von ihnen erwartet wurde. Sie verteilten irgendwelche Sachen an andere Menschen und ernteten viel Lob. Immer gingen ihre Blicke Richtung Vater. Sah er zu ihnen hin, war er stolz auf sie? Das allein zählte.

Zwischendurch war der Vater mal verschwunden und die Situation entspannte sich ganz kurz. Aber die Spannung wurde auch wieder aufgebaut.

Wann kam er wieder? In welcher Verfassung war er? Was würde er dieses Mal verlangen?

Der Junge tat mir so leid. Was hätte er auch tun können? Er hatte nicht die Möglichkeit zu äußern, was er gerne gehabt hatte. Selbst, ob er hungrig oder durstig war oder ob er gerne spielen gegangen wäre. Er hatte nicht die Chance, sich zu äußern, denn alles hätte der Vater zu seinem Nachteil ausgelegt. So saß er stumm leidend da und hoffte auf die Nacht. Auf ein paar Stunden, wenn der Vater schlief und er sich ohne Anspannung ausstrecken konnte.

Niemand konnte ihm helfen, er war der Willkür und den Launen des Vaters ausgeliefert. Er tat mir so soo leid.

Als ich dann erwachte, erkannte ich, dass ich der Junge in dem Traum war. So sehr identifizierte ich mich mit ihm. Ich konnte so gut nachempfinden, wie es ihm ergangen ist, und ich musste an meinen Lieblingshund denken, den der Vater in den Ofen geworfen hatte. Ich war untröstlich.

Ich konnte die Atmosphäre der Angst spüren, die in der Umgebung des Vaters herrschte. Die ständige Herausforderung, keine Fehler zu machen, zu genügen, keine Ansprüche zu haben, nicht aufzufallen, um keine Strafe zu riskieren.

»Gott Vater, kein Wunder, klammerte ich mich an Dich. Ich brauchte doch auch einen Vater, zu dem ich laufen konnte. Ich brauchte doch auch einen Trost.«

Ich lag im Bett und traute mich kaum, mich zu rühren. Noch war ich in dem gerade Geträumten gefangen. Ich lag still in meinem Bett, die Tränen liefen mir übers Gesicht, ich begann still zu schluchzen und hemmungslos zu weinen.

So war das also damals. Das sind meine Gedanken. Mich holte die Vergangenheit ein. Ich lernte Mitleid. Im Traum hatte ich Mitleid mit dem Jungen.

Für mich selbst hatte ich bisher nur Verachtung und Verurteilung übrig, das Gefühl zu versagen und an allem möglichen Schuld zu sein.

Eine Hilflosigkeit, eine Traurigkeit und ein tiefes Entsetzen über das gerade Gesehene ergreifen mich. Aber ich realisiere, dass ich in Sicherheit bin, auch wenn die Tränen noch immer haltlos laufen. Ich registriere, dass neben mir mein lieber Mann liegt, dass niemand da ist, der mir irgendetwas antun könnte, ich keine Angst mehr zu haben brauche und langsam fällt die Spannung von mir ab.

Dann fällt mir ein, ich muss es unbedingt aufschreiben, festhalten. Die Situation erklären. Und sei es nur, um später zu verstehen, wie ich so werden konnte, wie ich bin.

Jetzt ist es gut. Ich schrieb auf, was ich träumte. Das Geträumte war ein Stück reale Vergangenheit.

»Es ist gut, Gott, dass ich es sehen durfte.«

Lesen

Was immer du tun kannst oder wovon du träumst – fang damit an. Mut hat Kraft und Zauber in sich.

Johann Wolfgang von Goethe

Wann genau ich meine Leidenschaft für Bücher und die Freude am Lesen entdeckte, weiß ich nicht mehr genau. Aber bis heute ist Lesen eine meiner Lieblingsbeschäftigungen.

Als Kind war meine Begeisterung für Bücher keine wirklich gewünschte Eigenschaft, denn wenn ich in ein Buch vertieft in einer Ecke hockte, konnte ich ja nichts schaffen. Lesen war also eher ein Indiz für Faulheit und bestätigte das Bild, das sich meine Familie von mir gemacht hatte.

Diese Einstellung aus dem Elternhaus hat sich in mir fest verwurzelt. So passierte es mir immer wieder, wie ich mich dazu zwang, erst alles andere im Haushalt, was getan werden musste, zu erledigen, bevor ich mir das Vergnügen gönnte, ein Buch zur Hand zu nehmen, das schon sehnsüchtig darauf wartete, von mir gelesen zu werden.

Das schlechte Gewissen, das sich bei mir einstellt, wenn ich meine Zeit mit Lesen verplempere, muss ich regelmäßig mit meinem Verstand bekämpfen. Ich muss mir klarmachen, was damals galt, hat heute keine Gültigkeit mehr. Es gibt keinen mehr, der mich dafür ausschimpft. Ich darf auf dem Sofa liegen und lesen und keiner kann mich dabei ertappen, dass ich faulenze und nichts tue. Mein Vater ist seit über 20 Jahren tot und ich bin inzwischen 40 Jahre verheiratet.

Die Zeit der Kindheit war vergleichsweise kurz. Und doch hatte diese kurze Zeit meines Lebens die nachhaltigste, negativste Auswirkung. Nur durch meinen Verstand und gute Therapeuten verstehe ich, was mit mir damals passiert ist. Nur durch meinen heutigen, eigenen Willen kann ich an meinem Verhalten und Denkmuster etwas daran ändern.

Die Einstellung zum Lesen in meinem Elternhaus konnte mich allerdings nicht daran hindern, viele spannende Geschichten zu verschlingen. Das liegt wohl auch daran, dass nichts bis zu mir vordrang und ich alles, was geredet wurde oder was auch sonst zu Hause vor sich ging, einfach ausblendete. Ich zog ganz allein mein eigenes Ding durch.

Oft geschah das Lesen auch noch nach dem Zubettgehen, dann musste eben eine Taschenlampe herhalten. An die Lebensgeschichte von ‚Trotzkopf' erinnere ich mich. Das war ein wirklich dicker Wälzer über eine komplette Lebensgeschichte vom Kind bis zur Oma. Hanni und Nanni, Zwillings- und Verwechslungsgeschichten und auch eine alte Ausgabe einer Mädchenlovestory gehörten zu den Büchern, die ich verschlang.

Ich lebte in Phantasiewelten auf. Sie waren für mich realer als die Realität, die Umgebung, die ich einfach nicht wahrnahm.

Von der Schule aus wurde das Lesen gefördert und war sogar erwünscht. Einmal sollten wir uns im Auftrag der Schule ein Buch aussuchen und auch kaufen. Ich wählte damals ‚Der letzte Mohikaner', eigentlich ein Buch für Jungs, aber ich war neugierig, was drinstand. Der Titel klang schon spannend. Das war dann auch das erste Buch, das mir meine Eltern, auf Wunsch der Schule kauften.

Diese beiden ersten Bücher ‚der Trotzkopf und den Mohikaner habe ich erst vor zwei Jahren bewusst noch einmal gelesen. Dieses Mal heruntergeladen auf mein Tablet, bequem, leicht und für unterwegs gut geeignet.

Tagebuch, Donnerstag, 7. März 2003:

Mir geht es abwechselnd mal gut, mal weniger gut. Heute Nacht war ich mal wieder in einem Tief, tief drinnen.

Ich war in einer Zelle, das heißt, um mich herum waren hohe Mauern und irgendetwas hinderte mich daran, aus dieser Zelle herauszukommen. Ich kann, wenn ich mich auf die Fußspitzen stelle zum Fenster hinausschauen und am Leben teilnehmen, Licht in mein Leben lassen, mich bescheinen lassen. Aber dann werde ich wieder müde, muss mich hinsetzen und sitze wieder im Dunkeln.

Meine Zellentür ist seltsamerweise nicht abgeschlossen. Ab und zu kommt Jesus zu mir, ermutigt mich, erquickt mich, bringt Licht in meine Zelle. Aber ich bin noch nicht so weit, die Zelle zu verlassen. Ich wünsche mir so sehr, die Veränderung in meinem Leben zu erfahren, die auch die Jünger erlebt haben. Diese Fülle, die Begegnung des Heiligen Geistes, der es möglich machte, aus ein paar ängstlichen Männern, die davongelaufen sind, als es brenzlig wurde, die schliefen, anstatt zu wachen, die sich verängstigt zurückzogen und schwiegen. Diese Berührung wünsche ich mir, die es möglich macht, dass aus diesen müden, verzagten Burschen, Männer werden, die öffentlich auftreten, die mutig Jesus Wort verkünden, die anderen Heilung zusprechen, aus denen leidenschaftliche Menschenfischer geworden sind. Jesus sagte zu ihnen, wartet, bis ich euch den Tröster, den Heiligen Geist sende, der euch ausrüstet.

Ich habe den Eindruck, ich sitze in meiner Zelle und warte auf eben jenen Heiligen Geist. Ich habe Sehnsucht danach.

Aber ich kann mich nicht selbst mit dem Heiligen Geist füllen. Jesus hat gesagt, der Vater wird jenen den Heiligen Geist geben, die ihn darum bitten.

Ich will Jesus beim Wort nehmen: »Vater, ich bitte dich um die Fülle des Heiligen Geistes. Erst dann bin ich fähig, aus dieser Zelle zu treten, um mich all dem zu stellen, was auf mich zukommt.

Vorher habe ich einfach Angst.

Ich schäme mich, aber ich habe Angst angespuckt, verspottet, geschlagen, gepeinigt zu werden. Mach Du mich bereit, mutig aus der Zelle für Dich, Jesus, einzutreten, Licht zu sein und Deine frohe Botschaft zu verkünden. Füll mich, Vater, mit Deinem Heiligen Geist. Ich bitte Dich.«

Auf der Schwelle

Kein Mensch ist gut genug, einen anderen ohne dessen Zustimmung zu regieren.

Abraham Lincoln

Ich kann gut eine Geschichte erzählen, scheinbar unbeteiligt. Einfach aufzählen, was alles geschehen ist und was war.

Eine andere Sache ist, wie es mir damit geht. Das erschreckt mich ehrlich gesagt. Wenn ich darüber nachdenke, scheint es fast so, als hätte ich keinerlei Emotionen empfunden. Weder Freude noch Wut noch Trauer, weder Liebe noch Hass, als wäre ich geistig abwesend gewesen. Oder war ich einfach abgestumpft? Oder war ich eine sogenannte Psychopathin, die nichts empfindet?

Es erschreckt mich, und es macht mir auch Angst.

Kann ein Kind wirklich all seine Empfindungen einfach wegpacken? Gibt es diesen inneren Schutz wirklich? Und was noch viel interessanter ist: Kann man das Paket auch wieder auspacken?

Die sichtbare und die unsichtbare Kleine begegnen sich auf der Türschwelle

Eine für mich sehr unangenehme Erinnerung, die sich tief in mein Innerstes gebrannt hat, fand auf der Türschwelle zwischen Draußen und Drinnen statt.

Eigentlich sollte es für mich ein guter, schöner Tag werden. Es war, soweit ich mich erinnere, das erste Mal, dass mich eine Mitschülerin zu ihrer Geburtstagsfeier eingeladen hatte. Ihren Namen habe ich vergessen. Auch, was wir bei der Feier machten, habe ich vergessen.

Nur, dass es eben etwas länger dauerte als geplant, daran erinnere ich mich genau. Ich sollte wie immer pünktlich zum Essen zu Hause sein, aber ich kam zu spät.

Die Mutter der Mitschülerin sah darin kein Problem und trotz meiner Angst meinte sie: »Mach dir keine Sorgen, ich werde mit deinem Vater reden und ihm alles erklären!« Das hörte sich gut an, beruhigte mich aber nicht wirklich. Sie brachte mich bis zur Haustüre, klingelte und erklärte meinem Vater, dass es ihre Schuld sei, dass ich so spät dran war. Es wäre eben lustig gewesen und darüber hätten wir die Zeit vergessen. Sie sagte es lächelnd und in ganz freundlichem Ton.

Ich schaute meinen Vater an und an seinem Gesicht konnte ich schon ablesen, dass er mit dieser Erklärung nicht einverstanden war und mir die Schuld für das Zuspätkommen gab. Das konnte er nicht zulassen. Mein Vater zog mich in die Wohnung, verabschiedete sich von der Mutter der Schulkameradin. Und dann verprügelte er mich.

Ich glaube, das ist das erste Mal, dass ich mich wirklich an die verabreichten Prügel erinnern kann. Nicht so sehr die Schmerzen sind mir in Erinnerung geblieben, sondern der entwürdigende Umgang mit diesem kleinen, hilflosen Kind. Ich war der Wut und der Willkür dieses Mannes, der mein Vater war, hilflos ausgeliefert. Ich könnte jetzt noch heulen, wenn ich darüber nachdenke und muss hier einen Schnitt machen und eine Kunstpause einlegen.

Hier, auf der Türschwelle, im wörtlichen wie im übertragenen Sinn, begegneten sich die unsichtbare und die sichtbare Kleine. Es war einer der wenigen Augenblicke, in denen ich meinen Beobachtungsposten aufgab, den ich ja bis dahin mein ganzes Leben trainiert hatte, um selbst zum Geschehen hinter der Scheibe zu gehören.

Das aber blieb die Ausnahme. Ich hatte Verständnis für dieses Kind, dass es auch weiterhin die sichere dunkle Seite bevorzugte, um sich in Sicherheit zu bringen.

Tagebuch, Freitag, 19. März 1999:

Ich muss schreiben, denn es geht viel mit mir um. Ich erkannte plötzlich die Verletzungen, die ich aus meiner Kindheit mit mir trug, die tief in mir verborgen sind.

Ich fühlte mich plötzlich so einsam wie noch nie in meinem Leben.

Ich sah mich als Kind. Aber das Einzige, was mir aus dieser Zeit in Erinnerung ist, war der Garten vor dem Haus, die Steinnelken, die betörend dufteten und Schmetterlinge, Pfauenaugen, Admirale, die wunderschön aussahen.

Ich habe keinerlei Erinnerungen an Begegnungen mit Menschen.

Dann sehe ich mich immer wieder mutterseelenallein in diesem Garten stehen. Warum war denn kein Mensch bei mir? Wo waren meine Eltern, wo waren meine Geschwister?

Ich fühlte mich gelähmt, amputiert, meiner Arme und Beine beraubt. Ich konnte mich nicht von der Stelle bewegen, konnte niemanden entgegenlaufen, konnte keinen Menschen anfassen oder umarmen. Ich fühlte mich fürchterlich einsam und vollkommen alleingelassen. Von niemanden gewollt, von keinem vermisst oder geliebt. Hatte ich denn keine Liebe empfangen?

Plötzlich wurde mir die Sache mit der Liebe klar. Nur wer Liebe empfangen hat, kann auch Liebe weitergeben. Ich hatte keine empfangen, zumindest nicht bewusst. Ich war mir ja nicht mal sicher, ob ich Eltern oder Geschwister hatte. Ich akzeptierte es im Laufe meines Lebens als Tatsache. Ich funktionierte, war eine brave Tochter oder Schwester, hilfsbereit und lieb. Aber da war keine wirkliche Beziehung, die von Herzen kam. Ich fühlte mich betrogen, bestohlen, meiner Kindheit beraubt.

Warum hatte man mir die Kindheit gestohlen?

Es macht mich so, so traurig. Und immer wieder brach ich in Tränen aus.

Ich musste weiterschreiben, bevor es meiner Erinnerung entschwand.

Gott öffnete mir die Augen für Dinge, die mit mir geschehen waren. Keine äußeren, sondern innere Dinge, denn noch immer bewegte ich mich nicht von diesem Fleck im Garten weiter. Aber ich wusste ganz gewiss, was auch immer in mir hochkam, was auch immer mein Schmerz war, Gott hielt mich so, so fest an seiner Hand. Mit seinem Arm umschloss er mich ganz zärtlich und gab mir die Gewissheit, dass er bei mir war, dass ich keine Angst haben musste, denn er war bei mir, ganz nah und mit all seiner Liebe, mit der nur Gott lieben kann.

Ich traute mich, in seinen Armen und unter seinem Schutz zu weinen und zu klagen.

Warum darf ich leben?

Es ist Gottes Wille, dass ich lebe, soviel wird mir heute klar. Von meinen Eltern fühlte ich mich nicht gewollt und eigentlich ohne Lebensberechtigung auf dieser Welt, wenn da nicht Gott mit seiner Liebe gewesen wäre. Es war mir klar, dass er mich in dieser Zeit nicht alleine ließ.

Es ging mir neulich durch den Kopf, ob ich einen ganz persönlichen Schutzengel an meiner Seite hatte, der wirklich nur zu meinem Schutz da war. Er hatte die Aufgabe, meine Seele als Kind zu schützen und so hielt er mir die Augen und die Ohren zu. Wie sonst war es möglich, dass ich aus dieser Kindheit, von der ich nur vom Hörensagen weiß, unbeschadet herauskam?

In dieser Situation lese ich meinen Taufspruch immer und immer wieder und er bekommt das erste Mal für mich eine Bedeutung: »Der Heilige Geist, der segne dich, bewahr dich allezeit. Sein heiliger Name behüte dich, schütz dich vor allem Leid.«

Durch meine Taufe wurde ich unter Gottes Schutz und Segen gestellt und ich bin heute dankbar, dass ich das erkennen durfte. Gott kümmerte sich schon immer um mich. Wo kein Mensch war, da war Gottes Liebe.

Schule

Er lässt deinen Fuß nicht straucheln. Der dich behütet, er schläft nicht!

Psalm 121

Nach unserem Umzug in die Stadt wurden meine schulischen Leistungen immer schwächer und so wiederholte ich freiwillig die dritte Klasse. Ein Grund für meine schlechten Leistungen in der Grundschule war vielleicht auch mein erneuter Krankenhausaufenthalt.

Solang ich denken konnte, hatte ich Bauchweh, warum auch immer. Aber dieses Bauchweh war eindeutig anders, stärker und schmerzhafter, sodass meine Eltern mit mir zum Arzt gingen. Der diagnostizierte eine akute Blinddarmentzündung. Ich wurde ins Krankenhaus überwiesen und musste mich einer Blinddarmoperation unterziehen.

Viel ist mir von diesem Krankenhausaufenthalt nicht im Gedächtnis geblieben. Das vielleicht nachhaltigste Ereignis war, dass ich gemeinsam mit den Krankenschwestern lernte, die frisch gewaschenen Knäuel von Verbänden, die aus der hausinternen Wäscherei angeliefert wurden, wieder fein säuberlich aufzuwickeln.

Das machten damals die Schwestern noch selbst auf den Stationen und die kleinen Patienten halfen gern mit, denn das brachte etwas Abwechslung in den Krankenhausalltag, machte Spaß, vertrieb die Langeweile und trug zur Erholung bei. Natürlich fiel mir das Lachen schwer und war noch schmerzhaft nach der Operation, aber ansonsten verlief alles unspektakulär.

Vielleicht war es für mich auch wieder eine Art Auszeit aus dem strengen Regiment, das zu Hause herrschte. Danach brauchte es wieder einige Zeit, bis ich wieder einigermaßen bei Kräften war.

In der vierten Klasse war ich dann entschlossen, auf die Realschule zu wechseln. Meine Klassenlehrerin sah das allerdings ganz anders. Als ich meinen Wunsch mitteilte, meinte sie nur: »Du brauchst es gar nicht erst versuchen. Das schaffst du ja sowieso nicht!«

Trotzdem versuchte ich es und bestand die Prüfung sowie auch das folgende Probehalbjahr. Noch in der Grundschule lernte ich ein Mädchen kennen, das ganz in der Nähe wohnte und mit mir in dieselbe Klasse ging. Sie hatte ein ungewöhnliches Hobby, sie züchtete kleine Mäuse.

Manchmal gab es bei ihr zu Hause eine Mäuseplage und sie musste schauen, dass sie die kleinen Tiere irgendwie an weitere Pflegeeltern vermitteln konnte. So landete damals auch ein Exemplar bei uns zu Hause. Leider war dem Tier kein langes Leben beschieden, denn in unserer Wohnung gab es eine dicke Glaswand, die ein Zimmer von einem anderen trennte. Da die Maus das Glas aber nicht zuordnen konnte, rannte sie in ihrem Übermut dagegen und überlebte diese Attacke leider nicht. Mein erstes Haustier hatte also nur eine sehr kurze Lebenszeit.

Um in die Realschule zu kommen, musste ich einen anderen, längeren Weg zurücklegen als meine Schwestern. Auch an die neuen Lehrer musste ich mich erst wieder gewöhnen. Wieder war es eine Lehrerin, die mir eine bleibende Erinnerung bescherte. Sie unterrichtete in unserer Klasse Erdkunde und Deutsch.

Als ich an einem Tag eine Stunde zu spät in den Unterricht kam, sollte ich zur Strafe acht Seiten aus dem Erdkundebuch abschreiben. Dieses Exemplar war besonders dicht und klein geschrieben. Andere Schüler waren schon öfter zu spät gekommen und mussten nie auch nur eine Seite abschreiben. Ich denke, dass ich an diesem Morgen das Ziel ihrer Aggressionen war. Sie war sich nicht bewusst, was sie da von mir verlangte.

Meinem Mathematiklehrer hatte ich es zu verdanken, dass ich nur eine von den insgesamt 18 Seiten auf DIN-A-4-Blättern abschreiben musste. Er fand mich in der darauffolgenden Stunde, in der er bei uns unterrichtet, in Tränen aufgelöst im Unterricht sitzen. Nachdem er mich fragte, was los sei, erzählte ich ihm das ganze Dilemma. Für meine Begriffe erschien es mir nämlich unmöglich, so viele Seiten abzuschreiben. Der Lehrer kam mir zur Hilfe und machte aus meinem Kummer kurzerhand ein Sozialprojekt, da er meine große Not und Verzweiflung sehr ernst nahm. So fragte er die ganze Klasse, ob jemand bereit wäre, diese Strafarbeit mit mir zu teilen. Ihm habe ich es zu verdanken, dass meine Klassenkameraden und -kameradinnen einen Mittag für mich opferten, um mir beim Abschreiben zu helfen. Jeder bekam einen Abschnitt aus dem Buch zugeteilt.

Das hat mich damals sehr beeindruckt. Solch ein Gemeinschaftsgefühl, so eine Solidarität erlebte ich später in keiner anderen Klasse. Der Lehrer konnte die Strafarbeit der Kollegin natürlich nicht aufheben, das hätte ihre Autorität untergraben. Aber er konnte es durchaus so einrichten, dass mir geholfen und unsere Klassengemeinschaft gestärkt wurde. Am Ende gab ich der Lehrerin meine Strafarbeit ab. Es waren 18 DIN-A-4-Seiten, jede mit einer anderen Handschrift dicht beschrieben.

Kurze Zeit später überschattete ein schreckliches Ereignis das Leben in unserer Klasse: Ein Mädchen kam nicht mehr zur Schule. Die Lehrer erklärten uns, dass sie bei einem Unfall gestorben sei. Erst einige Wochen zuvor hatten wir bei einem Klassenausflug noch ein Gruppenfoto gemacht und das Foto blieb uns jetzt als einzige Erinnerung. Verstehen konnte das damals niemand von uns. Wir waren alle einfach nur geschockt.

Noch eine Nachtgeschichte

So funktioniert Gebet–die Geschichte von Vater, Sohn und Heiligem Geist. Dies ist eine Vergleichsgeschichte, die immer ein »ist wie« beinhaltet:

Eines Nachts wurde es mir klar: Unser Vater ist der Chef, Jesus Christus der Juniorchef.

Für die heutige Zeit passend, wie in einem großen Konzern. Täglich habe ich meine Dienstbesprechung: Ich klopfe an, und mir wird aufgetan. Ich trete ein. Mit all meinen Anliegen komm ich zum Juniorchef.

Was besonders wichtig oder eilig ist, landet gleich beim Chef. Ich bringe all das, was an diesem Tag dran ist, hier ins Gespräch. Und kann sicher sein: Hier ist es in besten Händen. Er kümmert sich darum und reicht mein Problem weiter. Zum Beispiel sage ich: »Bei uns ist das Licht kaputt!«, dann wird er jemanden schicken, um es zu reparieren.

Genauso, wie er mich wiederum da oder dort hinschickt, damit ich mich um etwas Bestimmtes kümmere. Wie in einem großen Konzern sind die Gaben der Mitarbeiter sehr unterschiedlich. Es gibt Sekretärinnen, Putzfrauen genauso wie leitende Angestellte. Jeder hat seine eigene Audienz beim Chef.

Jeder hat andere Probleme, aber jeder kann sicher sein, hier laufen die Fäden zusammen und Chef und Juniorchef kümmern sich mit Sicherheit um alles und jeden. Dringende Fälle werden selbstverständlich zuerst bearbeitet, aber bearbeitet wird alles. Jedes zu seiner Zeit.

Welch wunderbares Gefühl, wenn ich meine Probleme nicht selbst und allein lösen muss, sondern eine Stelle habe, bei der ich alles abladen kann! Habe ich es abgegeben, brauche ich mich eigentlich nicht mehr darum zu sorgen.

Wenn das so einfach wäre!

Am nächsten Tag stehe ich schon wieder beim Chef, um ganz neugierig zu fragen: »Was ist aus der und der Sache geworden?«

Nur, um freundlich belehrt zu werden: »Du Kleingläubiger! Du hast mich erst gestern gefragt. Aber verlass dich darauf, dass ich mich höchstpersönlich darum kümmern werde.«

Wir sind wahrhaftig Kleingläubige, die meinen, ohne uns geht es nicht. Seufz!

Gott, Vater im Himmel, wie wunderbar bist Du.
Liebevoll weist Du zurecht, gnädig gehst Du mit uns um.
Ich will Dich von Herzen loben und preisen, Du guter Gott.
Danke auch für diese Nachtgedanken.

Ich nehme es durchaus nicht als selbstverständlich hin und erkenne an, dass diese Gedanken einzig und allein von Dir und Deinem Heiligen Geist kommen. Mein Kopf wäre viel zu klein, um sich so etwas auszudenken.

Alles, alles kommt von Dir, mein Gott und ich danke Dir, dass ich wieder einen Blick bei Dir durchs Schlüsselloch wagen durfte. Danke. Amen!

Diebstahl

Es gibt keinen Heiligen ohne Vergangenheit und keinen Sünder ohne Zukunft.

Aus einer persischen Messe

Auf meinem neuen Weg zur Realschule musste ich durch die Innenstadt laufen. Dort führte mich der Weg regelmäßig an vielen verlockenden Schaufenstern vorbei. Auch ein großes Kaufhaus gab es in der Stadt, dort wurde vom Schnürsenkel bis zur Klobürste praktisch alles angeboten, was ein Haushalt benötigt. Auch Damen-, Herren- und Kinderkonfektion vom BH bis zu Herrenboxershorts. Eine weitere Abteilung bot jede Menge Süßigkeiten an. Alles, was man sich in seinen kühnsten Träumen nur vorstellen konnte.

Gleich, wenn man den Laden betrat, schwappte einem ein Geruch von Süßigkeiten entgegen und manchmal war in der Vorweihnachtszeit auch ein großes, rosarotes Marzipanschwein aufgebaut, von dem man sich grammweise kleine Scheiben abschneiden lassen konnte.

All das war für meine kindliche Nase sehr, sehr verlockend, die sich nach solchen Köstlichkeiten verzehrte. Neben dem Tisch mit dem Marzipanschwein gab es eine lange Reihe großer, durchsichtiger, offener Gefäße, die jedes für sich mit einer anderen Sorte loser Bonbons gefüllt war. Schokolade, Erdbeere, Pfefferminze oder Karamell, je nach Geschmack und Vorliebe war für jeden etwas dabei.

Normalerweise führte mein Schulweg am Eingang des Kaufhauses vorbei. Manchmal konnte ich der Versuchung nicht widerstehen und machte einen Abstecher ins Innere des Konsumtempels.

Für mich war es jedes Mal ein Ort der Versuchung. Ich hatte nur ein kleines Problem: Ich hatte kein Geld. Einmal, als ich wieder um den

Bonbonstand herumschlich und mir die Leckereien anschaute, während mir schon das sprichwörtliche Wasser im Mund zusammenlief, konnte ich der Versuchung nicht mehr widerstehen. Ich griff in ein Gefäß und nahm mir ein Bonbon heraus. Auf den Gedanken, dass mich jemand sehen könnte, kam ich gar nicht, obwohl es doch um mich herum von Menschen wimmelte.

Noch stand ich da mit der Beute in der Hand, da spürte ich auch schon eine große, starke Männerhand auf meiner Schulter. Was der Mann sagte, weiß ich nicht mehr, aber er hatte ganz klar meine Absicht erkannt. Ich wollte das Objekt meiner Begierde, dieses eine Bonbon stehlen. In hohem Bogen landete das eingewickelte Karamellbonbon wieder in dem großen Glas, ich ließ es wie eine heiße Kartoffel fallen.

Sagen musste zu mir niemand mehr etwas. Beschämt und auf frischer Tat ertappt, verließ ich das Kaufhaus und vermied es fortan, den Laden wieder zu betreten. Immer, wenn ich daran vorbeilief, dachte ich an meinen ertappten Diebstahl. Das eigene Gewissen war vermutlicher nachhaltiger als jede andere Strafe.

Übrigens habe ich in eben diesem Geschäft später meine Ausbildung als Schaufenstergestalterin absolviert. An den Fast-Diebstahl dachte ich da schon lang nicht mehr.

Es ist ein Geheimnis, wie es der menschliche Verstand versteht, unangenehme Dinge in seinem Gedächtnis einfach auszublenden. So war es auch bei mir: Unbequemes habe ich einfach verdrängt.

Bis zu dem Augenblick, als ich mich für ein Leben mit Jesus entschied.

Das hatte auch zur Folge, dass ich ganz automatisch die Basics des christlichen Glaubens durchlief. Dabei kam ich auch an den Punkt des Sündenbekenntnisses. Ich bat ernsthaft darum, dass mir Gott meine verborgenen Sünden offenbarte. So tauchte auch eines Nachts diese Geschichte mit dem fast gestohlenen Bonbon wieder an die Oberfläche.

Dadurch hatte ich die Möglichkeit, diese Jugendsünde vor Gott zu gestehen und mir in Jesus Namen Vergebung zusprechen zu lassen. Wie befreiend das doch war!

Tagebuch, Montag, 16. Februar 1998:

Heute Nacht war ich wieder schweren Angriffen ausgesetzt, aber Jesus Christus, mein Herr und Retter hat mir geholfen und mich aus der Hand des Bösen befreit: »Herr, ausgebreitet habe ich mich vor Dir, mich ganz und gar geöffnet und was passierte? Ich war plötzlich schutzlos.«

Genauso habe ich heute Nacht empfunden. Ein schutzloses Wesen, losgelöst, nackt und entblößt, alle Makel offen sichtbar. Angriffen schutzlos ausgeliefert. Ich selbst bin ein Nichts und ich vermag auch nichts.

In mir selbst habe ich keine Kraft und keine Waffen, um mich zu wehren.

Ich kann nichts schöpfen, denn ich bin leer.

Kein Tropfen Hoffnung ist in mir, kein Körnchen Liebe, kein Stückchen Glaube. Alles ist leer und kahl.

Ich bin eine Wüste.

»Nichts bin ich, ohne Dich, Jesus Christus. Nichts ohne Deine Fürsprache bei Gott. Nichts ohne Deinen Geist, Herr Jesus."

Deutlicher kann man es nicht erleben.

»Herr, in Deinem Namen versuchte ich zu flehen und das Böse zu vertreiben.

Ich benutzte Deinen Namen, Gottes Namen und Deinen Heiligen Geist, um mich gegen das Böse zu wehren, es zu vertreiben. Aber da war nichts.

Es geschah nichts und ich war kurz davor, zu verzweifeln.

Dann habe ich es ganz deutlich erkannt, dass Du Herr Jesus, durch Deine Liebe und Güte meine Fehler und mein Fehlverhalten offenbart hast.

Ganz klar stand es mir plötzlich vor Augen. Es ist nicht damit getan, in deinem Namen zu sprechen, das Böse zu binden oder zu vertreiben.

Aus meiner Sicht ist das ganz klar der falsche Weg. Ich muss Dich selbst bitten, gegenwärtig zu sein. Dich selbst um Dein Erbarmen, um Deine Barmherzigkeit, um Deine Liebe und um Deine Hilfe bitten.

Dich, Herr Jesus, muss ich anflehen und es wird mir an nichts mangeln und Deine Hilfe ist eine sofortige Hilfe.

Deine Liebe, Deine Güte sind unendlich groß und Du alleine bist der Sieger und ohne Dich vermag ich nichts. Was bin ich ohne Dich? Was vermag ich ohne Dich zu bewirken?

Danke, Herr, danke für Deine Hilfe und danke für die Erkenntnis.

Unmöglich, diese Erkenntnis aus sich selbst zu erlangen. Nur Du machst es möglich und Du gießt Deinen Heiligen Geist aus.

Danke, danke, danke, Dir sei Lob, Ehr und Preiß.

Noch etwas, sonst vergesse ich es wieder und es ist zu wichtig. Ein Gedanke, und Du ließest mich erkennen, dass es kein guter war, kein Gedanke von Dir. Ich dachte, mein Gebet, mein ständiges, penetrantes Gebet könnte Dir zu viel sein, Dich ärgern, Dir auf den Wecker gehen, Du kannst es nicht mehr hören und ich halte besser mal den Mund und schweige ein Weilchen, um Dir Ruhe zu gönnen. So war mein Gedanke, aber er entsprach ganz und gar nicht Deinem Plan.

Danke Herr, auch für diese Erkenntnis, danke, dass Du mich lehrtest, gute von schlechten Gedanken zu unterscheiden.

Danke, dass ich jederzeit und sooft ich will zu Dir kommen kann.

Lob, Ehr, Preiß und Dank sei Dir, mein Herr Jesus für Deine Liebe und Treue zu mir. Amen.

Der Glaube erkennt: Wenn der von GOTT Berührte GOTT nicht loslässt, wird er verwandelt.

Kieferorthopäde

Die eigentlichen Entdeckungsreisen bestehen nicht im Kennenlernen neuer Landstriche, sondern darin, etwas mit anderen Augen zu sehen.

Marcel Proust

War ich als Baby und Kleinkind wie eine hübsche Puppe, niedlich und süß, so war jetzt, im Alter von etwa zehn Jahren nichts mehr von dem süßen Kind übrig.

Ich war im Gegensatz zu meinen Schwestern eher mickrig. Als ich in der vierten Klasse war, hatte mich meine zwei Jahre jüngere Schwester an Körpergröße eingeholt. Ein weiteres auffälliges Merkmal, außer meiner kleinen Gestalt, waren meine Hasenzähne. Schon immer hatte ich einen auffällig kleinen Mund und dazu einen sehr engen Kiefer und einige Ärzte äußerten den Verdacht, dass ich vielleicht deshalb so ein schlechter ‚Esser' war, weil meine Mundöffnung zu

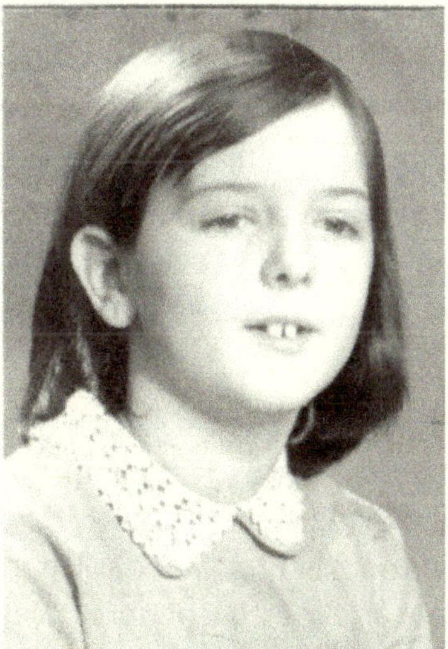

klein und mein Kiefer einfach zu eng waren. Das führte dazu, dass sich mein Gebiss nicht einfach in die Breite ausdehnen konnte, sondern, dass sich meine vorderen Schneidezähne auffällig nach vorne schoben und die Eckzähne keine andere Möglichkeit hatten, als hintereinander zu stehen.

Deshalb beschlossen meine Eltern, mich zu einem Kieferorthopäden zu schicken, um zu klären, ob er in meinem Mund ein wenig Ordnung schaffen könne. Nicht zuletzt, um meine äußere Erscheinung etwas attraktiver zu gestalten.

Er konnte Ordnung schaffen. Seine erste Maßnahme bestand darin, mir zwei Eckzähne ziehen zu lassen. Damit wollte der Doktor Platz schaffen, um das restliche Gebiss ansehnlicher zu gestalten. Mir kam damals nicht in den Sinn, mich dagegen zu wehren. Wie ein willenloses Wesen ließ ich alles über mich ergehen. Ich ging zum Zahnarzt, bekam mittels Lachgas eine Vollnarkose verabreicht und schwups waren die Zähne weg.

Die weitere Behandlung übernahm dann der Kieferorthopäde. Dieser gab sich damals sehr viel Mühe, aus meinem wilden Zahngehege doch noch ein einigermaßen ansehnliches Gebiss zu zaubern. Aber ich war ein harter Brocken und im Laufe der Zeit biss er sich sozusagen fast an mir die Zähne aus. Er entwickelte einen gewissen Ehrgeiz. Vielleicht, um sich selbst zu beweisen, dass auch in schwierigen Fällen doch noch so eine Art Erfolg erzielt werden konnte.

Damals war es wirklich eine finanzielle Frage, ob sich eine Familie so eine Behandlung leisten konnte, da die Krankenkassen für diese Behandlung nicht aufkamen. Am Anfang stand ein Kostenvoranschlag und der Arzt plante fünf Jahre für eine erfolgreiche Behandlung. Meine Eltern willigten schließlich in den Vertrag ein.

Am Ende der Zeit, nach fünf Jahren, als abzusehen war, dass die Behandlung noch nicht vollständig abgeschlossen war und mein Vater die Behandlung abbrechen wollte, weil sie auf die Dauer doch zu teuer wäre, erklärte sich der Arzt bereit, die Behandlung auf eigene Kosten fortzuführen.

Das hat mich damals schon schwer beeindruckt. Zwar habe ich diesen Doktor nur etwa alle sechs Wochen besucht und ich muss ehrlich zugeben, dass ich mir über ihn wenig Gedanken machte, außer, dass ich daran dachte, dass er mit mir sein Geld verdiente, aber das Übernehmen sämtlicher Behandlungskosten war etwas Besonderes. Das lag vielleicht auch daran, dass ich damals eine seiner ersten Patientinnen war, kurz, nachdem er seine Praxis eröffnet. Ich habe also etliche Jahre meines Lebens mit einer Zahnspange verbracht.

Es waren im Laufe der Jahre einige, denn sie mussten ja immer wieder neu an meine Kieferknochen angepasst werden. Ich war damals überzeugt, dass es bei meinem Aussehen und meinen schiefen Zähnen und der ewigen Zahnspange mit Sicherheit keinen Mann gab, der mich jemals schön oder attraktiv finden würde.

Es gab natürlich auch allerhand Missgeschicke mit den Dingern. Immer musste ich eine Dose dabeihaben, um sie sicher aufzubewahren. Nie konnte ich einfach in etwas Essbares hineinbeißen, dafür musste ich immer das Ding aus meinem Mund nehmen.

Manche Modelle waren dann auch fest in meinem Kiefer verankert, also komplett mit einer Plastikmodellmasse überzogen. Einmal beförderte ich auch eines der teuren Modelle in ein Lagerfeuer, in das wir nach dem Grillen unserer Würstchen alle übrigen Papiere warfen. In eines der Papiere hatte ich tatsächlich das gute Stück zur Aufbewahrung gewickelt. Damals erschien es mir ein mittleres Drama zu sein, vielleicht auch wegen des Donnerwetters, als das Missgeschick rauskam.

Im Nachhinein muss ich dem Arzt dafür meinen Respekt aussprechen, dass er sich auf eigene Kosten mit mir so viel Mühe gegeben hat und mich niemals aufgab, sondern trotz herber Rückschläge, die es eben auch gab, immer weitermachte, bis er selbst mit dem Ergebnis einigermaßen zufrieden war.

Einsame Spaziergänge

Sei mutig und entschlossen! Lass dich nicht einschüchtern und hab keine Angst. Denn ich, der Herr, dein Gott, bin bei dir, wohin du auch gehst.

Josua 1,9

Woher ich die Zeit und die Muße für einsame Spaziergänge nahm, ist mir im Rückblick schleierhaft. Es war eine der wenigen Möglichkeiten, zur Ruhe zu kommen und Kraft zu tanken. Eine Art Flucht, um mich dem Einfluss meines Elternhauses zu entziehen. Das sogenannte Elternhaus war eine Wohnung in einem Mehrfamilienhaus und es gab praktisch keine Möglichkeit sich den Spannungen und Streitigkeiten, die bei uns herrschten zu entziehen.

Geldnot führte immer wieder zu Auseinandersetzungen. Das Leben in der Stadt war teuer, die Miete für die Wohnung konnte kaum bezahlt werden und wir Mädchen hatten Bedürfnisse. Das erfuhr ich viel später von meiner Mutter. Auch die Tatsache, dass meine jüngste Schwester dort in der Stadt eingeschult wurde, erfuhr ich von einem Bild aus dem Familienalbum.

Die kleine Schwester stand mit einer großen Schultüte in der Hand vor unserer großen Schwester am Eingang zu unserer Wohnung.

Ein weiteres Ereignis, das damals unsere Familie aus dem Gleichgewicht brachte, war der Unfall meiner jüngeren Schwester. Sie war auf dem Schulweg von einem Auto angefahren worden und lag mehrere Tage bewusstlos im Krankenhaus. Meine Eltern müssen furchtbare Ängste ausgestanden haben.

An diese Ereignisse habe ich tatsächlich keine Erinnerung und auch an keine Gemeinschaft mit meinen Schwestern.

Aus einer alten Zeitung, die ich bei meinen Sachen in der untersten Schublade entdeckte, erfuhr ich, dass ich damals in einer Art Jugendgruppe der evangelischen Kirche aktiv war. Dort las ich von einer Freizeit mit 34 anderen Mädchen, und in der Zeitung war tatsächlich ein Foto von mir im Alter von zehn Jahren. Ich trug die Haare kurz und sah wie ein Junge aus, wenn da nicht der Rock gewesen wäre.

Ganz dunkel erinnere ich mich auch, dass ich damals angefangen habe, ein Instrument zu spielen, Querflöte. Ich musste nachmittags noch einmal zur Schule laufen, denn dort fand der Unterricht statt. Aber bevor ich wirklich etwas lernen konnte, zogen wir wieder um.

Während in unserer Familie scheinbar alles drunter und drüber ging, hatte ich nichts Besseres zu tun, als auf einsamen Spaziergängen unterwegs zu sein. Ich dehnte sie so lang aus, wie es ohne Ärger zu erregen, vertretbar war.

Unterhalb der langen Treppe, an der die Wohnung lag, führte rechts unter einer Bahnunterführung ein schmaler Fußweg entlang. Allerdings musste man zuerst an einem Haus vorbei, von dem immer ein übler Geruch ausging. Ich weiß nicht, was dort gearbeitet wurde, aber der Gestank schreckte viele ab, diesen Weg überhaupt einzuschlagen. Es war zwar eine Abkürzung, um in einen anderen Stadtteil zu kommen, aber es gab noch genug andere attraktivere Wege. Deshalb war es auf diesem Pfad auch recht einsam und ich begegnete nur wenigen Menschen.

Rechts und links war der schmale Weg von dichten Büschen und Bäumen gesäumt, die über dem Kopf wieder zusammenwuchsen und so eine Art Schutzdach bildeten. Dorthin zog ich mich meistens allein zurück und konnte, langsam vor mich hin träumend, endlich durchatmen und hatte Zeit zum Denken. Mein Gesprächspartner war ich selbst und so führte ich lange Selbstgespräche. Dabei entspannte ich mich allmählich und irgendwann sprach ich Worte aus, die ich nicht verstand, die sich aber ungemein beruhigend auf mich auswirkten.

Es war eine Art Geheimsprache, die da aus meinem Mund kam, von der ich nicht sagen konnte, wo sie herkam und was sie zu bedeuten hatte. Aber sie tat mir wohl, so viel wusste ich und deshalb suchte ich auch immer wieder diesen Ort der Einsamkeit und Ruhe auf. Viele Jahre später fand ich eine mögliche Erklärung für die geheimnisvollen Worte: Als erwachsene Frau lernte ich das Sprachengebet kennen.

Ich erfuhr davon, dass dieses Gebet in der Bibel erwähnt wird. Ich hielt mich in Kreisen auf, wo es zum guten Ton gehörte, dieses Gebet zu praktizieren. Wem diese Gabe fehlte, dem fehlte ganz offensichtlich etwas.

So erlebte ich es damals.

Und selbstverständlich wollte ich diese Gabe unbedingt haben, denn sonst wäre ich, wohlgemerkt in meiner Vorstellung, kein richtiger Christ. Ich betete also um diese Gabe, da sie mir so wertvoll und so unbedingt notwendig erschien, um vor Gott zu bestehen. Es wurde um mich herum ein enormer Druck aufgebaut und es hatte für mich nichts Versöhnliches oder Entspannendes, diese Gabe zu haben oder zu praktizieren. Trotzdem strebte ich danach und strengte mich an, um endlich auch ein ‚richtiger Christ' zu sein.

In einem besonderen Gottesdienst, den ich damals unregelmäßig besuchte und der eine Art Pilgerstätte für besonders ‚geistige Christen' war, erlebte ich das erste Mal, wie in der Öffentlichkeit in Sprachen gebetet wurde, und es hatte auf mich in dem Moment nichts Anziehendes, sondern war eher befremdend, denn ich konnte ja nichts von dem Gesprochenen verstehen. Trotzdem beschäftigte mich dieses Thema weiter.

An einem schönen Sommertag lag ich Jahre später in unserem Garten im Liegestuhl und hörte nebenher einen Vortrag von einer Kassette. Unsere Kinder waren längst Teenager und alle unterwegs. So konnte ich mich ungestört dem Inhalt des Vortrags widmen, aber es kam gar nicht mehr dazu. Stattdessen ploppte etwas ganz anderes in mir auf: Ich erlebte plötzlich eine ungewöhnliche Vertrautheit, die mich überraschte.

Vor dem eigentlichen Thema des Vortrags war Lobpreismusik zu hören. Das spricht mich im Allgemeinen nicht so sehr an. An diesem Tag aber war das anders. Da erklangen nämlich nicht nur Musik und Text aus dem Lautsprecher, sondern es waren auch seltsame, unverständliche Geräusche und Laute zu hören, die ich erst mal nicht zuordnen konnte. Dann erinnerte ich mich an den Klang dieser Laute und an die Gelegenheit, zu der ich selbst vor undenklich langer Zeit solche unverständlichen Worte von mir gegeben habe.

In dem Vortrag wurde in Sprachen gebetet und das Gesprochene erinnerte mich so intensiv an die Zeiten meiner Kindheit, als ich meine einsamen langen Spaziergänge gemacht hatte und unbekannte, beruhigende Worte aus meinem Mund gekommen waren.

Da wusste ich mit einem Mal, was damals geschehen war: Der Heilige Geist hatte für mich gebetet, als ich noch nicht mal ahnte, dass es ihn gibt. Er hatte mich mit seinen Worten getröstet. Das Schöne an dieser Erfahrung war die Erkenntnis, dass schon damals Gott auf allen Wegen bei mir war.

Vierter Umzug

Ich weiß nicht, wohin Gott mich führt, aber ich weiß, dass er mich führt.

Gorch Fock

Unsere Umzüge fielen immer auf die Sommerferien. Ich schätze mal, dass das kein Zufall war, sondern von unseren Eltern so geplant wurde, um keines von uns Geschwistern aus dem Schulalltag zu reißen. Im Sommer 1970, ich war elf Jahre alt, fand der letzte Umzug statt in das Dorf, in dem wir sesshaft wurden.

Meine Mutter lernte dort mit der Zeit alle Nachbarn kennen. Sie traf die Frauen meist beim Einkaufen, wenn sie die Wege durch das Dorf zum Bäcker und dem kleinen Einkaufsladen lief. Es tat ihr gut, Menschen um sich zu haben, mit denen sie sich austauschen konnte und die sie immer besser kennenlernte. Sie war sehr aufgeschlossen und freundlich. Aber ihr Ansehen im Dorf litt unter der Stellung meines Vaters, der nun eine Betriebsleiterstelle in der großen Aluminiumfabrik am Ort hatte. Viele Männer in dem Dorf arbeiteten damals unter seiner Führung. Mein Vater war ein strenger Chef, so wie er auch zu Hause streng war. Das wirkte sich natürlich auch auf den Umgang mit meiner Mutter aus. Niemand brachte ihr so recht Vertrauen entgegen, persönliche Freunde fand sie nicht.

Noch war ihr Alltag von ihren Töchtern geprägt. Meine drei Schwestern gingen alle in dem Dorf zur Schule und bestimmten ihr Leben. Obwohl in Wahrheit unser Vater den Alltag bestimmte, denn auf seine Bedürfnisse und Ansprüche waren alle anderen Unternehmungen abgestimmt. Er hatte seinen festen Zeitplan und der musste eingehalten werden. Pünktlich um 12 Uhr erschien er zum Mittagessen und da sollten gefälligst alle Kinder am Tisch sitzen. Mir gelang das nur am Wochenende, besser gesagt, an den Sonntagen, denn damals hatten wir auch am Samstag noch Schule.

Um 12:30 Uhr genehmigte er sich einen ganz kurzen Mittagsschlaf und kurz vor 13 Uhr ging er wieder zur Arbeit. Dahin hatte er ungefähr fünf Minuten zu Fuß zu gehen, bis er dann um 17 Uhr Feierabend hatte. Um 18 Uhr hatte sich die komplette Familie zum Abendessen zu versammeln.

Wehe, wenn eine von uns nicht pünktlich zur Stelle war! Das gemeinsame Essen gestaltete sich immer als Herausforderung. Wir sollten schweigen, konnten uns aber nicht immer beherrschen und so gab es oft Ärger, der mir zumindest den Appetit verdarb, sodass mir der buchstäbliche Bissen im Hals stecken blieb.

Im Gegensatz zu den Wohnungen davor, kann ich mich an diese letzte sehr gut erinnern. Hier wohnte ich zusammen mit meiner Familie bis zum Abschluss meiner Lehrzeit 1979. Aber so gut es ging, entzog ich mich dem elterlichen Einfluss.

Ich musste am Anfang mit dem Zug zur Schule fahren und der Bahnhof befand sich etwa zehn Minuten von unserer Wohnung entfernt. Später wurde die Strecke stillgelegt und es verkehrte nur noch ein Bus. Das hatte für mich den Vorteil, dass die Haltestelle nur wenige Meter vor unserer Haustür lag und ich oft den Bus herannahen sah und dann erst aus dem Haus rannte. Meine Mutter brachte das manchmal an den Rand der Verzweiflung, da sie immer Angst hatte, dass ich zu spät kommen könnte. Das ist aber nie passiert.

Ganz schlimm war es, wenn ich sehr zielsicher und bewusst, kurz bevor der Bus kam, noch ganz schnell eines meiner Hefte aus dem Ranzen zog und schnell eine Unterschrift unter einer missglückten Arbeit benötigte. Die Schule ging oft auch über die Mittagszeit hinaus und ich kam dann erst spät mit dem Bus oder Zug zurück.

Auch, wenn keine Nachmittagsschule war, traf ich meinen Vater nie mehr an, als ich nach Hause kam. Das war für mich natürlich sehr entspannend.

Meine Mutter, die ja meine schlechten Essgewohnheiten zur Genüge kannte, hatte dann oft ein besonderes Essen für mich parat. Sie kochte für mich eine ‚Extrawurst', also alles, was ich besonders gern mochte und was Vater nicht wissen durfte. Wovon er sicher ebenfalls nichts wusste, war, dass meine Mutter mir in ihrer besonderen Fürsorge, oft etwas Geld in die Hand drückte, damit ich mir irgendwo etwas zum Essen kaufen konnte.

Andere Schüler hatten diese Bevorzugung definitiv nicht. Aber dieses Extrageld nahm ich fast immer, um mir beim Bäcker neben der Bushaltestelle in der Stadt eine Mohnschnecke zu kaufen und sie dann natürlich mit meinen Freundinnen zu teilen. Damals wusste ich dieses Privileg nicht zu schätzen. Erst im Rückblick bin ich ihr für ihr besonderes Einfühlungsvermögen besonders dankbar.

Während meine Schwestern nach ihrer Schulzeit eine Ausbildung im Dorf machten, zwei sogar unter der direkten Obhut unseres Vaters, wählte ich eine Stelle weit weg von zu Hause. Drei Jahre lang musste ich morgens mit dem Bus in die Stadt fahren und kam dann abends nach 20 Uhr wieder nach Hause. Meistens geschafft, todmüde und nicht mehr auf lange Diskussionen erpicht. Ich schlich mich möglichst unbemerkt in mein Zimmer und hoffte, dass der Abend ruhig verlaufen würde.

Damals hatte ich von meinem Opa ein kleines Taschenradio geschenkt bekommen, ausgerüstet mit einem Kopfhörer. Zur damaligen Zeit war das noch eine wirkliche Rarität. In der heutigen Zeit besitzt fast jeder Mensch ein Handy und hat darauf seine Lieblingsmusik gespeichert. Ob im Bus, beim Joggen oder Einkaufen sieht man die moderne Variante Kopfhörer bei Personen aller Altersklassen unter dicken Mützen oder anderen Kopfbedeckungen, rechts und links aus den Ohren herauswachsen. Jeder hört ständig seine eigene Musik, um sich so auch von seiner Umgebung abzukapseln.

Damals hatte der Kopfhörer nur einen Ohrstöpsel und die Qualität ließ natürlich zu wünschen übrig, aber in gewissem Sinn war das Prinzip das gleiche wie heute: Ich steckte mir den Stöpsel ins Ohr und hörte irgendeinen Sender mit klassischer Musik. Nicht selten schlief ich dabei ein. Mit schöner, leiser Musik im Ohr lag ich im hell erleuchteten Zimmer, mit dem Radio auf meinem Bauch. Nur die Musik im Ohr verschaffte mir etwas Ruhe, denn ansonsten konnte man die lauten Diskussionen und Auseinandersetzungen aller Familienmitglieder in der ganzen Wohnung mitverfolgen.

Während der Woche lief der Alltag noch einigermaßen ruhig ab. Der Vater schränkte seinen Alkoholkonsum ein, denn er musste ja am nächsten Morgen fit sein. Am Wochenende allerdings waren die Abende oft erfüllt vom Streit und Zank der Eltern, die dann zu viel tranken.

Wein war das bevorzugte Getränk. Es konnte aber auch mal Schnaps sein. Wenn mein Vater trank, musste meine Mutter mithalten. Nicht, dass es der Vater so wollte, sondern sie selbst kannte kein Maß und oft war die Stimmung durch den übermäßigen Alkoholgenuss dermaßen angeheizt, dass ich es vorzog, mich schlafend zu stellen, um nicht in ein nächtliches Gespräch verwickelt zu werden. Trotzdem konnte es passieren, dass unser Vater mitten in der Nacht plötzlich in unser Zimmer stürmte. Dann hatte er vielleicht beschlossen, dass er jetzt sofort mit uns einen Ausflug machen wollte. Wir mussten uns anziehen und ins Auto steigen und er fuhr dann im volltrunkenen Zustand irgendwohin. Oder es fiel ihm irgendwas anderes ein, was dringend in derselben Nacht noch erledigt werden musste.

Viele Nächte verbrachte ich damit, still zu liegen, den Atem anzuhalten und den Gesprächen draußen zu lauschen. Ich hoffte, dass es endlich, endlich ruhig werden würde.

Erst, wenn mein Vater im Bett war, konnte ich wirklich beruhigt einschlafen. Manchmal half es mir auch, mich in ein spannendes Buch zu vertiefen. Um noch weiterzulesen, nachdem das Licht aus war, half ich mir mit einer Taschenlampe. Später kam ich auf die Idee, meine Nachttischlampe zu benutzen. Die bestand lediglich aus einer nackten Glühbirne. Eines Nachts habe ich das nächtliche Lesen etwas länger ausgedehnt, weil die Geschichte natürlich so spannend war, dass ich nicht einfach aufhören konnte. Plötzlich roch es unter meiner Decke stark verbrannt. Direkt auf der heißen Glühbirne lag meine Bettdecke und ich konnte einen größeren Brand gerade noch verhindern. Der braune angekokelte Fleck sprach allerdings Bände und seit diesem Schrecken war ich mit meinem nächtlichen Lesevergnügen vorsichtiger.

Anfangs, als wir in die neue Wohnung zogen, teilten wir vier Mädchen uns ein Zimmer. Jede von uns hatte eine kleine, persönliche Ecke für sich und das genügte vollkommen. Gemeinsam hatten wir einen großen Kleiderschrank und im Nachhinein ist es mir ein Rätsel, wie es möglich war, dass doch jede von uns ihre eigene Kleidung hatte. Denn zu der Zeit hatten wir bestimmt ähnliche Kleidergrößen und konnten untereinander die Klamotten tauschen.

Aber da täuscht sich meine Erinnerung ganz gewaltig. Meine jüngste Schwester war damals erst acht oder neun und die ein Jahr ältere Schwester einen Kopf größer und kräftig gebaut. Übermäßig kräftig für ihr Alter, sodass sie auf Anraten des Arztes eine Nullkur verschrieben bekam, mit der sie abnehmen sollte. Sie war einige Zeit verschwunden und kam danach völlig verstört und verändert wieder zurück. Sie hatte ihr kindliches Wesen verloren und man hörte sie kaum mehr lachen.

Die zwei Jahre jüngere Schwester war inzwischen größer als ich und so hatte jede ihre eigene Garderobe. Später zog ich mit meiner ältesten Schwester aus dem gemeinsamen Kinderzimmer in ein anderes Zimmer. Allerdings war es ein sogenanntes Durchgangszimmer.

Früher sagte man dazu Ankleidezimmer. Um ins Badezimmer zu kommen, musste jedes Familienmitglied unser Zimmer durchqueren.

Auch das Schlafzimmer der Eltern war nur durch dieses Zimmer zu erreichen. So ist es also zu erklären, dass ich abends hin und wieder bei hell erleuchtetem Zimmer schon in meinem Bett eingeschlafen war, während meine Schwester oder meine Eltern noch lange nach mir wach waren. Ich war abends immer müde und erschöpft und schlief schneller ein, als mir manchmal lieb war, wenn ich eigentlich noch Zeit mit Lernen verbringen wollte.

Keine von uns dachte jemals an die viele Wäsche, die jeden Tag anfiel. Das überließen wir unserer Mutter, die sich um alles kümmerte und dafür sorgte, dass die Schränke mit fein säuberlich zusammengelegter, frischer Wäsche gefüllt waren, gewaschen und gebügelt inklusive.

An die ganze anfallende Hausarbeit einer sechsköpfigen Familie verschwendete ich damals keinen Gedanken. Waschen, kochen, putzen und all die Arbeit, die damit verbunden war, all das geschah ohne, dass ich das je bemerkte.

Im Nachhinein bewundere ich meine Mutter, die diese Aufgaben immer treu, ohne ein Wort der Klage, erledigte. Ich erinnere mich an ein Thema einer Unterrichtsstunde, in der es darum ging, es zu etwas zu bringen, was aus uns werden sollte und wie abfällig damals von Frauen wie meiner Mutter geredet wurde, die ‚nur' zu Hause waren und dort ihre Arbeit erledigten.

Damals regte sich in mir regelrechter Widerstand gegen diese Art der Meinungsbildung. Aufgrund der besseren Möglichkeiten sollten wir auf unsere Eltern herabschauen, anstatt für ihre Leistungen dankbar zu sein. Ich war ganz entschieden der gegenteiligen Meinung als unsere damaligen Lehrer.

Ich schätzte es auch, dass nach der Schule etwas zum Essen auf dem Tisch stand. Oder, wenn ich nachmittags zu Hause meine Hausaufgaben machte, Vokabeln büffelte und mein Kopf rauchte, meine Mama mir ein Stückchen Schokolade bereithielt, um mich wieder aufzumuntern. Das tat einfach gut.

Beim Schreiben kommen die Erinnerungen und ich möchte an dieser Stelle noch zwei unterschiedliche Begegnungen mit meinen Schwestern erzählen, die eine gewisse Gemeinsamkeit erahnen lassen.

Es war in den Ferien, als meine kleine Schwester und ich allein zu Hause waren. Wer auf die Idee kam, lässt sich im Nachhinein nicht mehr sagen. Auf jeden Fall hatten wir uns vorgenommen, aus den vielen, kleinen, bunten Wachsstummeln, die wir von heruntergebrannten Kerzen gesammelt hatten, schöne neue Kerzen zu gießen. Dazu schnappten wir uns kurzerhand den nächstbesten Kochtopf unserer Mutter. Wir warfen die Stummel hinein und schalteten den Herd an. Am Anfang war es aufregend zu beobachten, wie die festen Stücke flüssig wurden. Doch als dann das ganze Wachs geschmolzen war und die übrigen Dochte in der heißen Flüssigkeit schwammen, wurde die Sache langsam brenzlig. Wir hatten nicht darauf geachtet, dass wir den Herd auf die höchste Stufe eingestellt hatten, und das heiße Wachs fing zu brodeln an. Wir holten endlich einen Kochlöffel und wollten es umrühren, um zu verhindern, dass das Ganze im Topf anbrannte. Aber durch das Rühren brachten wir die heiße Masse erst recht in Wallung und die ganze Sache geriet außer Kontrolle.

Wir zogen zwar den Topf noch geistesgegenwärtig zur Seite, weg von der Hitzequelle, aber das flüssige Wachs spritzte auf die heiße Platte und fing sofort Feuer. Im Nu loderte die Flamme fast bis zur Decke. Wir waren mit der brennenden Platte völlig überfordert und wussten uns schließlich keinen Rat mehr. Meine Schwester geriet damals dermaßen in Panik, dass sie, ohne lange zu überlegen, aus dem hastig aufgerissenen Küchenfenster in den etwa zwei Meter tiefer liegenden Hof sprang.

Gott sei Dank hat sie den Sprung unbeschadet überstanden. Ich beförderte derweil den heißen Topf in den Spülstein. Ob ich auch noch kaltes Wasser in die kochende Flüssigkeit laufen ließ, weiß ich nicht mehr, aber durch das Küchenfenster zogen über mir dicke Rauchschwaden ins Freie.

Kaum zu glauben, was aus einem an sich harmlosen Vorhaben hätte werden können. Wir aber waren an diesem Tag nochmals glimpflich davongekommen. Der Topf war nicht mehr zu gebrauchen und die Wachsstummel beförderten wir von da an immer gleich in die Mülltonne.

Eine andere Begegnung unter uns Schwestern war ein Spiel, das wir miteinander spielten. Es war kein Spiel im üblichen Sinn, eher eine Art, uns miteinander zu beschäftigen und ganz viel Spaß zu haben. Und es funktionierte nur, wenn wir alle vier zu Hause waren, eine ausnahmsweise gelöste Stimmung und gute Atmosphäre herrschte.

Dann konnte es passieren, dass eine von uns zum Opfer wurde. Jede kam mal dran, was immer spontan entschieden wurde. Und diejenige, die es dann traf, wurde von den anderen gründlich bis zur Erschöpfung durchgekitzelt. Als Startschuss für unser Spiel wurden dem auserwählten Opfer die Strumpfhosenbeine unten zusammengebunden. So waren die anderen vor austretenden Beinen sicher. Dann ging es los. Wir wälzten uns auf dem Fußboden und dann hieß es drei gegen eine. Man glaubt gar nicht, wie anstrengend es sein kann, einfach nur zu lachen. Nach solch einer Attacke waren wir alle gleichermaßen erschöpft, aber überglücklich. Endlich hatten wir wieder mal aus vollem Herzen gelacht.

Ich habe aber außer diesen wenigen Begegnungen kaum eine Erinnerung daran, was mich mit meinen Schwestern verband. Sie gingen ihrer Wege und ich ging meiner und sie kreuzten sich kaum. Seltsam, wenn man bedenkt, dass wir zu sechst unter einem Dach in einer Vier-Zimmerwohnung in einem Haus mit vier Familien lebten.

So vieles ging einfach an mir vorbei. Wieder und wieder stellte ich fest, dass ich nur außerhalb der elterlichen Wohnung versucht habe, bewusst zu leben, Spaß zu haben oder zu lachen. Immer mit der Einschränkung, dass gleich etwas Schlimmes passiert, dass ich das nicht darf, dass ich an irgendeinem hereinbrechenden Unglück schuld bin. Dieses Denken hat mich lange Zeit intensiv geprägt und ein freies, unbeschwertes Leben verhindert. Manchmal tut es das heute noch.

Was ich wirklich dachte, wie ich fühlte, was meine Freude, meine Leidenschaft war, oder wofür ich mich begeistern konnte, das alles weiß ich nicht. Ich lebte. Das war alles. Für mich als Mensch hatte ich keinerlei Gespür. Ich kannte weder irgendwelche besonderen Fähigkeiten, die mir gut von der Hand gingen. Ich hätte nicht sagen können, wie es mir ging, wenn mich jemand gefragt hätte.

Die Tage reihten sich einer an den anderen und ich tat, was ich eben tun musste: schlafen, essen, trinken, zur Schule gehen, lernen, schlafen. Und wieder von vorne. Ich lebte und wehrte mich nicht dagegen, sondern versuchte, auch im Überleben nicht aufzufallen, sondern möglichst still und ruhig die Tage hinter mich zu bekommen.

Hilfe in der Not

Meine Tränen hat Er getrocknet und mich vor dem Untergang bewahrt.

Psalm 116,8

Wie schon gesagt, konnte ich jeden Tag mit dem Bus zur Schule fahren. Das dauerte etwa eine halbe Stunde. Auf der Hälfte der Strecke mussten wir manchmal umsteigen und mit dem Zug weiterfahren. Hier trafen auch noch Busse aus anderen Richtungen ein. Anfangs kannte ich mich in der Gegend noch nicht aus, wusste weder, wie die Dörfer in meiner Umgebung hießen und hatte auch keine Ahnung, wo unser Dorf geografisch lag. Es interessierte mich auch nicht weiter.

Bis es eines Tages zu einem Zwischenfall kam, der sich für mich wie eine Katastrophe anfühlte. Von der Stadt, in der meine Schule war, mussten wir zuerst bis zur Hälfte der Strecke mit dem Zug fahren. Von dort aus mussten alle Kinder in Busse umsteigen. Die Buslinien führten in verschiedene Richtungen und sie waren immer bis zum letzten Platz gefüllt. Nicht nur die Sitzplätze, auch in den Gängen standen die Schüler dicht an dicht. Jeder rannte natürlich, so schnell er konnte, um den Bus noch zu erwischen und möglichst schnell nach Hause zu kommen.

Ich stieg ebenfalls ein, hatte aber vergessen, auf das Schild zu schauen, um zu erfahren, in welche Richtung der Bus unterwegs war. Aber ich hatte einen Platz ergattert. So langsam leerte sich der Bus und so langsam schwante mir auch, dass da irgendwas gründlich schiefgelaufen war. Je mehr Schüler an den verschiedenen Haltestellen den Bus verließen und je freier das Blickfeld durch die Scheiben wurde, desto mehr entdeckte ich mit wachsendem Schrecken, dass mir die Gegend, durch die wir fuhren, gänzlich unbekannt war.

Wo war ich da gelandet?

Schließlich waren wir an der Endstation angekommen, und ich musste mit den letzten paar Schülern aussteigen. Sie entfernten sich natürlich schleunigst in die verschiedenen Richtungen. Ich aber stand an der Bushaltestelle und hatte keinen blassen Schimmer, wo ich mich befand. Ich hatte keinen Pfennig Geld, Handy gab es damals noch nicht und mir war schleierhaft, wie ich jemals wieder nach Hause kommen sollte. Da musste ich wie ein Häuflein Elend gestanden haben. Inzwischen war ich so verzweifelt, dass ich nur dastand und weinte.

Was sollte ich auch sonst tun?

Ich weinte, war verzweifelt und ohne Hoffnung. Ich kannte hier niemanden und wusste auch nicht, wer mir helfen sollte. Ringsum waren Häuser, die Bushaltestelle war mitten im Dorf, aber natürlich ließ sich um diese Zeit kein Mensch auf der Straße blicken. Die Menschen waren beim Essen, beim Arbeiten oder beim Mittagsschläfchen. Da hatte keiner einen Blick für ein kleines, heulendes, verlassene, verzweifeltes Mädchen.

Oder doch?

Ich weiß nicht mehr, wie viel Zeit verging, bis plötzlich eine Frau auf mich zukam. Sie war ganz in der Nähe aus einem nahen Haus gekommen und hatte mich schon eine ganze Weile durch das Fenster beobachtet. Sie fragte mich, wer ich sei, wo ich herkomme und wohin ich wollte. Dann nahm sie mich ganz fürsorglich an die Hand und führte mich zu sich nach Hause. Dort setzte sie mich in ihre Küche an den Tisch und servierte mir eine heiße Suppe. Das allein tat so gut. Es fühlte sich nicht mehr so verlassen und alleine an.

Geduldig wartete sie, bis ich die Suppe ausgelöffelt hatte. Dann erklärte sie mir, wie ich wieder den richtigen Weg nach Hause finden konnte. Sie suchte für mich die passende Busverbindung raus und brachte mich rechtzeitig wieder an die Haltestelle. Zuvor drückte sie mir noch das nötige Kleingeld in die Hand, damit ich die Fahrt auch ordnungsgemäß bezahlen konnte, denn meine Schülerkarte war nur für die andere Strecke gültig und ich hätte sonst schwarzfahren müssen.

Ich war dieser Frau so von Herzen dankbar, denn es ist nicht selbstverständlich, einem so aufmerksamen Menschen zu begegnen.

Von dem Tag an konnte ich mir dann die Namen der Orte merken, die vorne auf den Bussen stehen mussten, damit ich dahin kam, wohin ich musste.

Sonntag, 5. August 2001:

Wieder ein Traum, kein guter.

Als ich darüber nachdachte, machte er mich ziemlich traurig.

Die Geschichte begann damit, dass es mir nicht gut ging. Ich hatte einen Infekt und fühlte mich einfach schlapp und krank. Da bin ich mit einigen Menschen irgendwohin gefahren. Das Ziel dieses Ausflugs war, dass es mir besser gehen sollte. Ich hatte keine Ahnung wohin, aber jedenfalls landeten wir in einem großen Raum. In der Mitte standen ein Tisch und der Stuhl, auf dem ich saß.

Es ging mir keineswegs besser, sondern ich wurde eher immer schwächer.

Komischerweise war kein Mensch außer meinem Mann Wolfgang bei mir. Er war immer in meiner Nähe. Eigentlich war ich der Meinung, dass die Leute, mit denen ich hier war, mir helfen wollten. Aber hier in diesem Raum, in den sie mich geführt hatten, versammelten sie sich im ganzen Raum in den Ecken und an den Wänden. Keiner sprach auch nur ein Wort mit mir. Einer setzte sich sogar oben auf den Kachelofen hinter meinem Stuhl. Mir ging es immer schlechter und schließlich war ich so schwach, dass ich von meinem Stuhl auf den Boden rutschte. Mittlerweile war mir klar, auf was die vielen Menschen rings um mich warteten. Sie warteten darauf, von mir zu hören, dass ich eine Sünderin bin.

Inzwischen empfand ich in mir eine gewisse Wut über ihre scheinbare Gleichgültigkeit mir gegenüber. Diese Wut machte mich schließlich so mobil, dass ich aufstand und laut bekannte: »Ich bin eine Sünderin. Natürlich bin ich eine Sünderin. Wie sollte es auch anders sein. Aber ihr seid Heuchler.«

Das sagte ich tatsächlich. Aber als hätten die Menschen rings um mich das einfach nicht gehört, machte sich bei ihnen eine Genugtuung breit. So, als wären sie erleichtert, dass ich endlich zugab, eine Sünderin zu sein. Sie hatten ihre Arbeit getan und wir können nun alle gehen.

Ich verließ den Raum. Draußen begegnete mir einer dieser Menschen. Er sprach mich auf meinen Vorwurf der ‚Heuchelei' an und ich antwortete ihm: »Keiner hat mir auch nur ein Glas Wasser gereicht, keiner hat mir aufgeholfen und keiner hat mich getröstet.«

Er stand da mit einer vollen Aktentasche in der Hand und meinte nur, auf seinen Glauben könnte er sich eigentlich immer verlassen. Was auch immer das bedeutete.

Ich kann mich auch auf den Glauben verlassen, aber das, was da eben lief, hatte nichts mit Glauben zu tun.

Zum Glück war es nur ein Traum.

Neue Schule – Freundinnen fürs Leben

Ich möchte Menschen um mich haben, die durch Zufall in mein Leben purzeln und mit voller Absicht bleiben.

Herkunft unbekannt

Aus meinem Tagebuch, 4. September 1973:

Bald schon sanken meine Leistungen wieder und ich musste die sechste Klasse wiederholen. Dieses Mal aber unfreiwillig. In der sechsten Klasse geschah noch etwas anderes.

Ich lernte ein Mädchen kennen, das mir sehr viel bedeutete. Auch sie verlor damals, nach dem ersten Halbjahr der sechsten Klasse, ihre *bisherige Freundin, die so wie ich, die sechste Klasse wiederholte. Aus diesem Grund kamen wir zusammen.*

Sie fragte mich, ob ich mich neben sie auf den leeren Platz setzen wolle. Ich stimmte zu. Sie war ein eigentümliches Mädchen, schlank, groß und schön. Sie hatte rote, lange Haare, die gut zu ihr passten und so schön waren, wie sie selbst. Sie hatte einen besonderen Charakter, der mir ausgesprochen gut an ihr gefiel. So besuchten wir zusammen die sechste Klasse und in dieser Zeit lernte ich sie, ihre hervorragende Mutter und ihre nette Schwester kennen und schätzen.

So liest sich unsere erste Begegnung in meinem Tagebuch 1973, als ich gerade einmal 14 Jahre alt war. Wir zwei waren allerdings grundverschieden und so war es tatsächlich ein echtes Wunder, dass wir auch heute noch, über 45 Jahre später, miteinander befreundet sind.

Was uns genau verbindet, wissen wir selbst nicht so genau, aber dass wir in der Schule nebeneinandersaßen, war auch für die Lehrer eine echte Herausforderung. Wir waren zwar grundverschieden, hatten aber dieselben Vornamen.

Wenn also ein Lehrer unseren Namen rief, blieben uns immer verschiedene Optionen, um zu reagieren. Entweder wir antworteten beide, oder eben diejenige, die die richtige Antwort wusste, oder wir schwiegen beide und taten so, als hätte der Lehrer die andere gemeint.

Wobei es für mich wahrscheinlich gut war. Denn während ich die Schweigsame war und den Mund nicht aufbekam, war meine Freundin bei den Ersten, die sich meldeten. Sie war einen Kopf größer als ich und war mit ihren feuerroten, langen Haaren eine auffällige Erscheinung. Sie war nicht nur sportlich, sondern auch sportbegeistert. Es machte ihr Spaß. Für mich war es der Horror. Trotz meiner kleinen, schlanken Gestalt war mein Körper schon weiterentwickelt, als bei manch anderen Mädchen und es war für mich unbeschreiblich peinlich zu rennen und dabei meinen schon großen Busen nicht unter Kontrolle zu haben. Ich fühlte mich wie eine wabbelnde, unkontrollierte Masse, an der alles schwabbelte und zitterte. Sport gehörte zu dem, was ich am allerwenigsten mochte.

Trotzdem hat mich meine Freundin damals überredet, mit ihr in den Handballverein zu gehen. Ich bin sicher, dass ich dort regelmäßig für die meisten Lacher sorgte, weil ich mich so ungeschickt und tollpatschig anstellte.

Ich erinnere mich auch an den absoluten Tiefpunkt meiner Sportkarriere. Es waren die Bundesjugendspiele. Das heißt, jeder hatte eine Anzahl Disziplinen zu durchlaufen. Dazu gehörte auch der Hürdenlauf. Vor mir standen hintereinander viele Hürden. Rechts und links zwei Stelzen und oben quer eine Holzstange, die man im Laufen mit einem Bein nach vorne hochgestreckt überwinden sollte. Und nicht nur eine, sondern da waren einige hintereinander. Für meine Freundin kein Problem. Sie hatte lange schlanke, flinke Beine. Meine waren kurz, stummelig und unbeholfen.

So nahm das Unheil seinen Lauf. Ich war dran und da half auch kein Jammern oder Klagen. Ich lief folgsam los und schaffte es mit einem kräftigen Tritt, den querliegenden Holzbalken, der vor mir liegenden Hürde zu zerbrechen. Damit war meine Karriere als Hürdenläuferin beendet.

Ich schämte mich. So was konnte auch nur mir passieren und an das Gelächter, das daraufhin folgte, möchte ich gar nicht denken. Ich wünschte mir, der Boden hätte sich aufgetan und hätte mich auf Nimmerwiedersehen verschlungen. Obwohl viele Erfahrungen zu dieser Zeit für mich extrem demütigend waren, konnte ich mich doch nicht wirklich wehren. Ich ließ vieles einfach mit mir geschehen. Schluckte viele Kränkungen hinunter und ertrug etliches Entmutigendes und vielleicht auch Beleidigendes. Ich war das perfekte Opfer.

Tatsächlich machte ich viel mit mir selber aus und ich zweifelte immer nur an meiner Person, niemals an anderen. Ich mochte mich nicht und ließ mich leben und treiben.

Eine kleine Episode aus meinem Tagebuch zwischendurch: »An Fasching, als wir in der Schule feierten, kamen die 7a und die 7b bei uns zusammen. Es wurde getanzt. Auch nicht besonders schöne Mädchen wurden zum Tanz von Jungen aufgefordert. Ich aber nicht. Ich habe mir das sehr zu Herzen genommen. Zu sehr.«

Als wir schon lange erwachsen waren, fragte ich diese Freundin einmal, was sie eigentlich an mir fand, die ich doch so ganz und gar nicht zu ihr passte, die vor Selbstbewusstsein nur so strotzte. Ihre Antwort hat mich erstaunt: »Du warst immer anders als die anderen. Du hast angezogen, was dir gefiel, und hast dich nie an anderen gemessen. Du hast gemacht, was du für richtig hieltst und nicht, was grade ‚in' war. Das hat mir damals gehörig imponiert!«

So habe ich das damals nicht gesehen, aber es war gut, diese Einschätzung einmal aus ihrem Mund zu hören.

Als das sechste Schuljahr zu Ende war, wurden wir getrennt. Wir fochten einen Kampf aus, um wieder zusammenzukommen, aber auch unsere Bitte an den Rektor und alles Weinen blieben ohne Erfolg.

Die siebte Klasse, ab September 1973, verbrachte ich dann mit ihrer ein Jahr jüngeren Schwester. So entwickelte sich dann auch zu ihr eine bleibende Freundschaft. Sie war etwas kleiner, sanfter, ruhiger und nicht so auffällig in der Erscheinung wie ihre große Schwester. Allerdings waren die beiden ein Herz und eine Seele und unternahmen fast alles zusammen.

So kam es, dass ich bald die Dritte in ihrem unzertrennlichen Bunde wurde. Die älteste war die treibende Kraft, was die Ideen anging, und wir folgten meistens. So hatten wir auf jeden Fall jede Menge Spaß, aber auch den einen oder anderen Ärger. Bald schon war unsere Freundschaft so weit gewachsen, dass die beiden mich einluden, bei sich zu übernachten. Sie hatten keine besonders große Wohnung zu Hause und ihr Zimmer teilten sie sich mit ihrer kleinen Schwester. Aber solch ein Übernachtungsbesuch stellte mich zuerst vor schier unüberwindliche Herausforderungen. Wie sollte ich die Erlaubnis dafür bekommen?

Ich fragte meinen Vater, ob es möglich wäre, mal bei meinen Freundinnen, die zufällig auch noch Schwestern waren, zu übernachten. Die wohnten im fünf Kilometer entfernten Dorf und niemand kannte die Familie. Schließlich konnte man das Kind ja nicht einfach in irgendwo übernachten lassen, ohne wenigstens die Eltern zu kennen.

So beschloss mein Vater, sich die Familienverhältnisse meiner Freundinnen selbst anzuschauen. »Wie peinlich«, würde heute jeder sagen. Also fuhr er mich zu meinen Freundinnen nach Hause und lernte deren Eltern kennen. Was er sah, stellte ihn offensichtlich zufrieden und so hatte ich schließlich die offizielle Genehmigung, bei den beiden zu nächtigen. Was für ein Erfolg!

Wir haben das später noch einige Male wiederholt und die beiden waren auch bei uns zu Hause und erlebten meinen Vater in seiner eigenen Umgebung. Das war, denke ich, erst mal ein Schock für sie, denn diese strenge Erziehung waren sie von zu Hause nicht gewohnt. Sie hatten viel Freiheiten, aber auch mehr Verpflichtungen und mehr Verantwortung, was das Kochen, Putzen und Saubermachen anging.

Einmal, es war in den Sommerferien, machten wir zu dritt eine größere Fahrradtour. Damals gab es natürlich noch keine modernen Gangräder für uns und so mussten wir mühsam unser Fahrrad jeden Berg hinaufschieben. Und das war zum Teil richtig anstrengend. Aber anstatt zu jammern, schlug meine Freundin vor, sollten wir lächelnd unser Fahrrad hochschieben, sodass keiner, der an uns vorbeifuhr, je auf die Idee kommen würde, dass wir genervt und fertig waren. Wir haben das sofort in die Tat umgesetzt und so wurde aus einer anstrengenden Fahrradbergtour das Spiel, den Menschen unsere Schwäche nicht zu zeigen.

Ein anderes Mal mussten wir dringend für eine wichtige Erdkundearbeit lernen und gingen dafür in den Wald, weil das ja auch etwas mit Erde zu tun hatte. Dort machten wir alles andere, nur nicht lernen, aber wir waren der Meinung, das bringt bestimmt genauso viel, wenn wir hier entspannt sind und dafür weniger Stress hatten. Die Arbeit fiel dann überraschend gut aus. Ich habe nie erlebt, dass meine Freundinnen jemals an sich zweifelten, und diese Einstellung hat mich immer ermutigt, weiterzumachen, statt zu jammern, dass ich es doch nicht schaffen würde.

Zu einem besonderen Erlebnis wurde für uns immer meine Besuche bei dem Kieferorthopäden. Der hatte seine Praxis in der nächstgrößeren Stadt, in der ich eine Zeit lang gewohnt habe. Das war die Gelegenheit für die beiden Dorfkinder, Stadtluft zu schnuppern. Fast immer richteten sie es so ein, dass sie mich auf der Busfahrt begleiten konnten. Sie genossen das immer in vollen Zügen, wohingegen es für mich nichts Besonderes war. Ganz oft fiel der Stadtbesuchsnachmittag auf einen gerade stattfindenden Markt in der Stadt, Herbstmarkt oder Frühlingsmarkt. Da war buntes Treiben, viel Verlockendes und Leckeres wurde angeboten. Während ich also bei meinem Arzt saß, tauchten meine beiden Freundinnen ins pure Leben ein.

Hin und wieder kam es auch vor, dass wir etwas ganz und gar Verbotenes taten. Die möglichen Konsequenzen unseres Tuns waren uns jedoch nicht bewusst. So setzten wir oft unsere Ideen spontan um, wie zum Beispiel unseren Ausflug nach Konstanz.

Es war wieder so weit, dass ich bei meinen Freundinnen übernachten durfte. Meine Eltern wussten nicht, was wir dort taten oder wo wir uns rumtrieben. Geld hatten wir zwar keines, kamen aber auf die Idee, nach Konstanz zu trampen. Das war damals noch eine beliebte Fortbewegungsmöglichkeit für mittellose Teenager. Natürlich hatten wir auch von sogenannten Übergriffen gehört und davon, was dabei alles passieren konnte, aber das blendeten wir einfach aus. Wir dachten, wir sind zu dritt und uns kann nichts passieren. Wir waren in unseren Augen eindeutig die Stärkeren.

So standen wir also zu dritt an einer Straße. Eine von uns hielt den Daumen raus, während die anderen sich dezent im Hintergrund hielten. Das erste Auto, das anhielt, gehörte einem älteren Mann, der uns ein Stück mitnahm. Wir waren damals ja noch nicht im fahrtüchtigen Alter, aber die Fahrweise dieses Mannes war für uns eine echte Herausforderung. Nicht, dass er etwa zu schnell unterwegs war, sondern im Gegenteil nur so durch die Straßen schlich und sich ganz langsam um jede kleine Kurve schlängelte. Eigentlich war unsere größte Angst, dass der Fahrer wegen seiner auffällig langsamen Fahrweise von der Polizei gestoppt würde und wir dann aufgeflogen wären. Dazu kam noch, dass wir für diesen Ausflug zwei Grenzen überschreiten mussten, und wir uns aktuell in der Schweiz aufhielten.

Die Fahrt war dann aber zu unserer Erleichterung bald zu Ende. Wir standen wieder an der Straße, auf der Suche nach einer weiteren Mitfahrgelegenheit. Der nächste Fahrer, der uns mitnahm, war ein Mann mittleren Alters. Er unterhielt sich mit uns und wollte alles Mögliche von uns wissen. Mitten im Gespräch bog er plötzlich vom Weg ab und das Auto holperte über einen Feldweg in Richtung eines undurchdringlichen Waldes.

Wir hatten keine Ahnung, wo wir uns befanden und uns blieb schier das Herz stehen. Hier würde uns sicher niemand suchen, wenn uns etwas zustoßen sollte. Und unsere Eltern wussten nichts von unserem Ausflug. Die Mutter meiner Freundinnen war der Meinung, dass wir mit dem Bus in die nächste Stadt gefahren waren. Wir hatten immer eine Ausrede parat und hatten auch diesen Ausflug vorbereitet, denn wir wollten auf jeden Fall abends pünktlich wieder zurück sein, sodass niemand von unserem Ausflug etwas ahnen konnte.

Was aber hatte dieser fremde Mann in diesem Wald mit uns vor?

Der Fantasie waren keine Grenzen gesetzt, denn natürlich hatten wir auch von allen möglichen Szenarien gehört und gelesen, was Mädchen beim Trampen alles passiert war. Einige waren sogar zu Tode gekommen, wurden umgebracht oder nie gefunden. Zu sprechen trauten wir uns nicht, so warfen wir uns nur ängstliche Blicke zu. Mitten im Wald hielt er dann den Wagen an und uns klopfte das Herz bis zum Hals. So saßen wir stocksteif, stumm auf unseren Sitzen, beobachteten und warteten, was nun passieren würde. Der Mann stellte den Motor aus und drehte sich dann auf seinem Sitz zu uns um.

Was dann kam, war uns eine Lehre für die Zukunft. Der Mann hielt uns einen langen und eindrücklichen Vortrag, was alles hätte passieren können, in welche Gefahren wir uns begeben hätten und dass das Ganze auch ganz anders hätte ausgehen können. Er wolle uns einfach ein für allemal eine Lehre erteilen. Das ist ihm gelungen.

Ich weiß auch nicht mehr, ob wir dann schließlich in Konstanz waren, auch nicht mehr, wie wir wieder nach Hause gekommen sind. Aber ich bin wirklich so dankbar, dass eben nichts passiert ist und wir alle drei heil aus der Sache rauskamen.

Für mich war der Ausflug von Anfang an ein Nervenkitzel, denn natürlich war mir klar, dass wir das, was wir taten, auf gar keinen Fall hätten tun dürfen. Die Angst, dass es mein Vater jemals erfahren könnte und die Konsequenzen daraus waren in mir allgegenwärtig. Sie hinderten mich allerdings nicht daran, alle diese Dinge mitzumachen.

Wie langweilig wäre das Leben gewesen ohne die Gesellschaft dieser beiden, vor Lebenslust sprühenden Freundinnen.

Im September 1974, als die neunte Klasse begann, kamen wir in einer Klasse zusammen. Nun waren wir zu dritt, beziehungsweise zu viert in einer Clique, denn eine weitere Schulkameradin hatte sich inzwischen zu uns gesellt. In dieser Zusammensetzung blieben wir dann bis zum Ende unserer Realschulzeit im Sommer 1976.

Hier noch eine kleine Episode, die eine nachhaltige Wirkung hatte:

Aus meinem Tagebuch:

Eigentlich habe ich dich aufgeschlagen, um dir mein komisches Erlebnis vom Montag, den 8. Dezember 1975 anzuvertrauen. Am Montag sollten wir einen. vierstündigen Aufsatz schreiben. Eigentlich kam ich am Morgen mit den besten Vorsätzen in die Schule, aber als ich dann den Aufsatz schreiben sollte, war plötzlich eine unheimliche Leere in mir. Ich war nicht mehr in der Lage nur einen Satz zu bilden, lieber las ich im Lesebuch. Als ich heute Morgen in die Schule kam, um mich bei meinem Lehrer zu entschuldigen, was mich im Übrigen allerhand Überwindung kostete, verstand er mich, glaube ich irgendwie. Ich muss dazu sagen, dass ich ein leeres Blatt abgegeben habe, also gar keinen Aufsatz geschrieben hatte.

Auf dem Blatt stand der Satz »Leider fällt mir zu diesem Thema nichts ein.«

Dieses banale Ereignis, noch dazu ein Zeugnis des Versagens, hatte ungeahnt weitreichende Folgen: Noch 20 Jahre später, bei einem Klassentreffen, überraschte mich derselbe Lehrer, als er aus seiner Brieftasche diesen abgegriffenen, alten, zerzausten Zettel zog mit dem Satz, den ich damals geschrieben hatte. Er hatte ihn seither immer in seinen Klassen vorgezeigt, als warnendes Beispiel dafür, wie man es eben nicht machen sollte.

Zu meiner Ehrenrettung sei gesagt, dass ich bis dahin gern und auch in meinen Augen recht passable Aufsätze geschrieben hatte.

Sommerferien

Die wichtigste Stunde ist immer die Gegenwart. Der wichtigste Mensch ist immer das Gegenüber. Das wichtigste Geschenk ist immer die Liebe.

Meister Eckard

Langsam, nach und nach, wurde mir mit Sicherheit bewusst, dass ich, was meine Vergangenheit anging, große Gedächtnislücken hatte. Es waren Gespräche, die ich führte, Bücher, die ich las, in denen von einer schönen, unbeschwerten Kindheit die Rede war oder Erzählungen und Vorträge, die mir meine eigene Situation immer bewusster machte. Besonders aber, dass ich an die Wohnungen, in denen ich ja angeblich meine Kindheit verbracht haben sollte, keinerlei Erinnerung hatte.

Irgendwann registrierte ich, dass mit mir etwas nicht in Ordnung sein konnte, und insgeheim fürchtete ich, an einer besonderen Form der Alzheimer Krankheit in einem frühen Stadium erkrankt zu sein. So oder ähnlich waren eine Zeit lang meine Gedanken und ich konnte mich mit niemandem wirklich darüber unterhalten, ohne mich lächerlich zu machen. Da kam mir eine längst vergessene Erinnerung zu Hilfe: Die Zeit der Sommerferien bei meinen Großeltern. An diese Zeit und an alles in und rund um das Haus habe ich ganz detaillierte Erinnerungen.

Fünf Wochen Sommerferien bedeuteten in unserer Familie, dass alle vier Kinder nicht zur Schule mussten. Ein gemeinsamer Urlaub mit Eltern und Geschwistern war für uns finanziell einfach nicht machbar und niemals waren wir zusammen als komplette Familie irgendwo im Urlaub. So blieb nur die Möglichkeit, die Ferien oder ein Teil davon bei Verwandten zu verbringen.

Bei mir waren das die Großeltern meiner Mutter, während meine drei Geschwister die Zeit bei der Mutter meines Vaters, also der anderen Oma, verbrachten. Dort wohnten auch weitere Verwandte, Onkel, Tanten und gleichaltrige Cousinen und Cousins, mit denen sie spielen und nach Herzenslust rumtoben konnten. Sie lebten in einem kleinen Dorf und hatten allerlei Freiheiten, die sie zu Hause nicht hatten. Ich dagegen durfte als Einzige zu meinen Großeltern, die beide in der etwa fünf Kilometer entfernten Stadt lebten.

Meine Eltern und später auch meine Geschwister, die einfach nachplapperten, was sie hörten, machten sich oft über meinen Opa lustig. Er war in ihren Augen ein komischer Kauz, ein »Düpflesschisser«, wie sie es ausdrückten. Ich allerdings habe ihn als sehr feinfühligen und gebildeten Menschen kennengelernt. Natürlich hatten die Großeltern ihre Eigenarten, die nicht jedem lagen. Aber das machte mir nichts aus.

Ich durfte also fast die gesamten, großen Ferien bei meinen Großeltern verbringen. Die hatten genau daran ihre Freude, dass ich eben still, ruhig, unauffällig und folgsam war. Meine Oma war eine große, stattliche Frau, während mein Opa eher klein und untersetzt war.

Für mich war die Zeit bei Oma und Opa eine Zeit der Erholung und des Durchatmens. Dort konnte ich ungestraft all die Dinge tun, die mir wirklich Freude machten, lesen, schreiben, mit Opas Fahrrad allein ins Schwimmbad radeln und natürlich nur so viel und nur das essen, was mir schmeckte. In ihrem Haus fühlte ich mich sicher und geborgen. Für mich war es ein Ort des Friedens und der Erholung. Sie wohnten in einem Reihenhaus, das ihnen gehörte. In dem kleinen Vorgarten blühten zur Ferienzeit rechts und links der kleinen Treppe große, prächtige, rosa leuchtende Hortensienbüsche. Direkt vor dem Hauseingang führte eine ruhige, kaum befahrene Straße vorbei und gegenüber floss, im Schatten einer langen Baumallee, ein kleiner Bach, in dem Entenfamilien wohnten, die wir oft mit eingeweichten Brotstücken fütterten.

Hinter dem Haus befand sich der große Garten. Dort wuchsen Apfel-Zwetschgen- und Mirabellenbäume, deren Früchte zur Ferienzeit gerade reif waren. Rote, schwarze Johannisbeeren, Stachelbeer- und Himbeersträucher hingen voll schwerer, reifer Früchte. Dazu wurde die Selbstversorgung durch Bohnen, Karotten, Zwiebeln, Salat und Tomaten ergänzt. Hinten führte eine hohe Treppe von der überdachten Veranda in einen gekiesten Hof, der sich vor dem eigentlichen Garten befand. Von dort gab es auch einen hinteren Zugang in den Keller, wo sich allerlei Gartengeräte, Werkzeuge und natürlich die reichlich eingemachten Vorräte befanden.

Die Veranda war direkt an die Küche angebaut und im Sommer, wenn die Sonne auf die Verglasung schien, wurde es so heiß, dass zwischen Küche und Veranda große Holzläden zugemacht wurden und die Küche damit meist im Dunkeln lag, dafür war es aber angenehm kühl.

Dieses zweistöckige Haus, vom Keller bis zum Dachboden, kann ich in Gedanken Zimmer für Zimmer durchschreiten. Ich rieche den Geruch jedes Raumes und sehe die vorhandenen Gegenstände vor mir. Die lebendige Erinnerung an dieses Haus bringt mich zu der erleichternden Erkenntnis, dass ich keinesfalls an einer Art Gedächtniskrankheit leide, sondern dass diese Lücken eine andere Ursache haben müssen.

Natürlich musste ich bei den Großeltern auch verschiedene Aufgaben erfüllen. Im Garten Unkraut zu jäten, gehörte ebenso dazu, wie die Äpfel zusammenzulesen, die im Sommer reichlich auf den gepflegten Rasen fielen. Aber das war in meinen Augen keine Arbeit, sondern das reine Vergnügen. Viele würden es eher als Strafarbeit betrachten, auf dem Kiesweg, der durch den Garten führte, Unkraut zu rupfen. Dafür saß ich auf einem niedrigen Schemel und arbeitete mich von der einen zur anderen Seite durch. Ich zupfte alles raus, was da nicht hingehörte. Für mich war das keine schwere Arbeit. Für die Großeltern aber war es eine große Hilfe, da sie mit Knieschmerzen und Rückenproblemen zu kämpfen hatten und ihnen die gebückte Arbeit zunehmend schwerer fiel.

In diesem Garten wuchsen wunderbare Dinge, aus denen die Oma leckeres Essen kochte. So gab es viele Tage hintereinander jede Menge Apfelmus von den Früchten, die in dieser Zeit gerade reif waren. Jeden Tag durfte ich das heruntergefallene Obst auflesen und in metallene Körbe füllen, die immer unter den niedrigen Bäumen bereitstanden. Dann wurde jeder Apfel fein säuberlich geschält und alles Faule rausgeschnitten. Der Rest kam in einen großen Topf mit wenig Wasser und im Nu duftete es im ganzen Haus nach frisch gekochtem Apfelmus. Das war schnell zubereitet und schmeckte lecker. Auch die Tomaten waren um diese Zeit reif und mussten möglichst schnell verarbeitet werden. Daraus bereitete die Oma fast ausschließlich eine überaus leckere Tomatensoße. Zuerst wurden die ganzen Früchte in einem großen Topf gekocht, um dann, wenn sie aufgeplatzt und weich waren, in der ‚flotten Lotte' weiterverarbeitet zu werden. Alles, was hier an Speisen angeboten wurde, fand ich besonders lecker. Vielleicht haben aber auch die Großeltern nur gekocht, was mir schmeckte, wer weiß das so genau.

Für mich als Kind war es auf jeden Fall ein Leben wie im Paradies. Mit meiner Oma lief ich fast jeden Tag in die Stadt, um allerlei zu besorgen. Mal mussten wir einkaufen, ein andermal war der Friedhof am Berg unser Ziel. Dort sollten in der heißen Sommerzeit jeden zweiten Tag die Grabbepflanzungen der Verwandten gegossen werden.

Der Weg dorthin lag zum größten Teil im Schatten und führte durch einen weiten Park. Manches Mal setzten wir uns auf eine Parkbank, um auszuruhen. Mit Genuss verzehrten wir die frisch erworbenen Rumkugeln, die Oma kurz zuvor gekauft hatte. Das war ein besonderes Vergnügen. Ebenso die tägliche Mittagsruhe. Während Opa nach dem Mittagessen in sein Büro verschwand, zogen sich Oma und ich in die gute Stube zurück, die immer angenehm kühl war. Hier standen zwei Klappsessel nebeneinander, auf denen wir es uns immer bequem machten. Während wir dann irgendwelche Zeitschriften lasen, packte Oma Frieda eine Tafel Schokolade aus, meist innen mit Himbeere oder Zitronencreme gefüllt. Täglich brachen wir uns ein paar Rippchen davon ab und genossen diese Zeremonie am Nachmittag.

Hier fand ich auch die Muße, Tagebuch zu schreiben und meine Gedanken das erste Mal festzuhalten. Nicht nur das: Ich war dort in der Lage, mir Gedanken über mich und mein Leben zu machen. Von diesen beiden Menschen fühlte ich mich wirklich geliebt.

Tagebuch,14. August 2001:

Gedanken beim Apfelpflücken.

Es macht Spaß, die saftigen Äpfel vor sich zu sehen. Die Bäume, die so voll hängen, sind ein prächtiger Anblick. Ich pflücke und manchmal kommt es vor, dass die Äpfel ziemlich dicht aneinander als Zwillinge oder Drillinge an einem Ast hängen. Wenn man sie dann pflücken will, muss man mit beiden Händen zugreifen, denn meistens passiert es, wenn ich einen Apfel pflücke, dass die anderen dann auch abfallen. Da muss ich wirklich mit beiden Händen sichern, damit auch alle unversehrt in meiner Kiste landen. Aber manchmal geschieht es dann doch. Ein Apfel, begehrenswert, schön, knackig, bewundernswert, eben noch am Baum, entgleitet meiner Hand und fällt zu Boden und wird zu einem gefallenen Apfel. In dem Moment schon interessiert sich keiner mehr für ihn. Niemand macht sich die Mühe, ihm nachzuschauen oder ihn gar aufzuheben. Von einem Augenblick zum anderen entscheidet sich, begehrenswert oder nicht. Gerade noch ein prächtiges Gewächs im nächsten Moment Fallobst. Oder ich denke an einen anderen Apfel, zu dem man aufblickt. Ich muss mich schon sehr strecken oder gar hochklettern, um ihn zu erreichen. Dann greife ich voller Freude und Erwartung danach und greife ins Leere.

Die obere, für mich unsichtbare Hälfte ist schon von Vögeln oder einer ganzen Schar von Wespen ausgehöhlt und weggefressen. Kaputt und zerstört während einem die untere Hälfte noch strahlend anlächelt. Sein wirkliches Apfelleben hängt nur noch an einem seidenen Faden und ist nicht mehr zu retten. Auch er wird zu Fallobst.

Konfirmation, 8. April 1973

Lasst uns aufsehen zu Jesus, den Anfänger und Vollender unseres Glaubens.

Hebräer 12, 2

Über meine Konfirmation möchte ich unbedingt auch einige Worte sagen. Wir waren in unserer Familie nicht besonders religiös oder gläubig, wie man heute sagen würde. Auch Gottesdienste haben wir nicht besucht, außer natürlich an Weihnachten. Da gehörte das einfach dazu. Glaube allgemein und was er bedeutete, war in unserer Familie kein Thema.

Niemand sprach jemals darüber. Obwohl wir an unserem letzten Wohnort direkt neben der evangelischen Kirche wohnten, hatten wir keinerlei Kontakt zu den Menschen, die regelmäßig diese Kirche besuchten und die einzigen, die mir jemals näherkamen, waren die Jungs und Mädchen meiner Konfirmationsgruppe.

Übrigens noch eine Gemeinsamkeit, die meine Freundinnen und mich verband. Auch sie waren evangelisch, gehörten also eindeutig zur Minderheit in dieser Gegend, in der es mehr Katholiken gab. Wir trafen uns eine Zeit lang jede Woche einmal zum Konfirmationsunterricht, von dem mir herzlich wenig in Erinnerung ist. Außer vielleicht, dass wir gewisse Verse auswendig lernen sollten. Hängen geblieben sind sie allerdings nicht, denn ich weiß weder Umfang noch Inhalt.

Was mir in Erinnerung geblieben ist, ist seltsamerweise mein Kleid. Ich machte mir nicht viel aus Kleidern. Am liebsten trug ich abgetragene Hosen und Klamotten, die eher an einen burschikosen Jungen erinnerten. In meinen Augen unauffällig und ohne die Spur dessen, was man bei einem Mädchen vermutete. Aber das Kleid zu diesem feierlichen Anlass sollte etwas Besonderes sein. Nicht, dass ich darauf bestanden hätte, aber meinem Vater war das seltsamerweise wichtig.

So fuhren wir, meine Eltern und ich, in die nächstgrößere Stadt, um für mich ein Kleid zu kaufen. Das bedeutet nicht die Stadt, die ich einigermaßen gut kannte, sondern es war eine richtige Großstadt, die wir aufsuchten. Wir nahmen eine fast zweistündige Autofahrt auf uns, denn es sollte wirklich etwas ganz Besonderes sein. Der Preis spielte dabei keine Rolle. Das war immer so, wenn wir mit unserem Vater einkaufen gingen. So klapperten wir verschiedene Läden ab, bis wir endlich das Richtige fanden. Ich wählte aus dem riesigen Angebot ein braunes Samtkleid. Es reichte mir bis zu den Knien, war also kein langes Ballkleid oder so ähnlich, wie man sich vielleicht vorstellen könnte. Es war perfekt auf meinen damals noch schlanken Körper zugeschnitten und ich sah darin wie ein Burgfräulein im Mittelalter aus. Das Kleid hatte keine Schnörkel oder Rüschen, sondern war auf eine besondere Art schlicht gearbeitet, mit einem runden Halsausschnitt und leicht angedeuteten Puffärmeln. Was es so besonders machte, war der schöne, warme, sanfte, braune Samt. Dazu suchten wir noch eine passende Halskette und natürlich Schuhe, damit ich perfekt gekleidet war.

Am Ende des Tages war mein Vater mit meiner Erscheinung mehr als zufrieden. Dass meine Mutter ebenfalls bei dem Einkauf mit dabei war, fiel gar nicht weiter auf. Denn mein Vater war derjenige, der Wert auf mein Äußeres legte. Mit dem Kauf dieses Kleides drückte er zum ersten Mal seine Wertschätzung mir gegenüber aus. Von der eigentlichen Feier und den Festlichkeiten der Konfirmation habe ich kaum etwas realisiert.

Konfirmation bedeutet Bekräftigung oder Bestätigung und markiert den Übertritt ins kirchliche Erwachsenenalter. Tatsächlich ist mir die feierliche Handlung an diesem Tag nachhaltig im Gedächtnis geblieben und hat mein ganzes Denken verändert.

Jedem Konfirmanden wird ein Wort aus der Bibel zugesprochen. Das hatte der damalige Pfarrer ausgewählt. Ich kann mir gut vorstellen, dass er sogar im Gebet darum bat, für jedes seiner anvertrauten Schäfchen den passenden Vers zu finden. Dieser Pfarrer hatte die besondere Gabe, für jeden seiner Schützlinge am Tag der Konfirmation ein Bild, das er von dem jeweiligen Schüler hatte, über ihm auszusprechen. Als ich an der Reihe war, kniete ich nieder, schloss meine Augen und lauschte den Worten, die er zu mir sagen würde. Es war für mich tatsächlich einer der bewegendsten Augenblicke in meinem bisherigen Leben, an die ich mich noch heute erinnere.

Ich hatte in dem Moment wirklich das Gefühl, Gott besonders nahe zu sein und war tief berührt von diesem Bild in Verbindung mit dem mir zugesprochenen Konfirmationsvers aus Hebräer 12, 2:

Lasst uns aufsehen auf Jesus, den Anfänger und Vollender unseres Glaubens.

Dazu sagte der Pfarrer Folgendes: »Ich sehe dich allein auf einem Platz unter vielen Menschen, deinen Weg gehen.«

Das hat ziemlich genau das ausgedrückt, was sich in meinem tiefsten Inneren abspielte. Ich gehe allein unter vielen Menschen. Mochten noch so viele Menschen um mich herum sein, immer ging ich meinen Weg alleine.

Von diesem Tag an war ich in meinen Gedanken allerdings nicht mehr allein. Immer gehörte auch dieser Satz aus dem Hebräerbrief dazu. Wenn ich seither allein unter Menschen meinen Weg gehe, ist Jesus, der Anfänger und Vollender meines Glaubens mit dabei.

Es war der Tag, an dem ich das erste Mal bewusst Jesus in mein Leben aufnahm. Er wurde mein treuer Begleiter, wohin ich auch ging.

Ob man es nun fassen kann oder nicht: Am Tag meiner Konfirmation kam tatsächlich der Glaube in mein Leben.

Donnerstag, 15. November 2001:

Hatte heute Nacht einen Traum, in dem es um Liebe ging, die ich schenken soll, nicht etwa durch Zorn und Wut entziehen. Wenn ich auch die Zusammenhänge nicht ganz verstehe, will ich ihn doch aufschreiben:

Ich kam an einer Gartenwirtschaft vorbei, da waren Bänke und Tische. Auf einer Bank saß ein Mann mit seinem Kind. Das Kind war vielleicht 8 oder 10 Jahre alt und halb an den Mann gelehnt. Außerdem war das Kind auch noch behindert. Leicht geistig behindert, einfach noch auf der Stufe eines kleineren Kindes.

Als ich vorbeikam, rief es mich bei meinem Namen und auch ich kannte dieses Kind (ich glaube aus früheren Träumen). Es war mir sehr bekannt, obwohl ich seinen Namen nicht kannte. Ich ging auf die Bank zu, auf der der Mann mit dem Kind saß. Sofort verwickelte mich das Kind in ein sehr intensives Gespräch. Ich setzte mich und hielt das Kind in meinem Arm. Es schmiegte sich an mich und erzählte mir von seinen Ideen und Träumen und was es alles tun und erleben wollte. Ich hielt es nur im Arm und eine große Liebe zu dem Kind erfüllte mich. Inzwischen war der Mann, der Vater des Kindes aufgestanden und weggegangen. Offensichtlich brauchte er dringend etwas

Erholung und Entspannung, denn das Kind forderte mächtig viel Aufmerksamkeit von ihm und obwohl er es liebte, war er doch manchmal am Ende seiner Kraft. So war er dankbar und erleichtert, dass er kurz entspannen durfte. Das Kind plapperte munter drauflos und ich erinnerte mich, dass ich ihm auch antwortete, aber am meisten erinnere ich mich an die Liebe in mir zu diesem fremden Kind.

Da kam plötzlich eine Frau auf uns zu und blieb neben uns stehen. In ihr waren Groll und Wut und Eifersucht. Sie war vermutlich die Lebenspartnerin des Mannes, aber nicht die leibliche Mutter. Sie redete auf mich ein und aus ihrer Rede hörte man ihre Empfindungen: »So, bei Ihnen kann sie es also. Reden. Wenn ich mich mit ihr unterhalten will, ist sie stumm wie ein Fisch und immer störrisch wie ein Esel.«

Ich denke, die Frau hat sich ehrlich bemüht, eine Beziehung zu dem Kind aufzubauen, aber ist immer gescheitert. Ich empfinde auch zu ihr eine große Liebe und rede mit ihr. Ich sage ihr, dass sie nur eines tun kann. Sie soll das Kind lieben, ohne Wenn und Aber. Ohne Zorn und Wut und Eifersucht und irgendwelchen Erwartungen. Einfach nur lieben, Liebe schenken und das Herz des Kindes wird sich ihr zuwenden. Damit hörte der Traum auf, aber das Empfinden einer großen, bedingungslosen Liebe gegenüber allen Menschen bleibt. So möchte Gott mit seiner Liebe die Menschenherzen heilen.

Landschulheim

Ein Stück des Weges liegt hinter dir,
ein anderes hast du noch vor dir.
Wenn du verweilst, dann nur, um dich zu stärken,
nicht aber um aufzugeben.

Augustinus

Ein sehr eindrückliches Erlebnis war für mich unser einwöchiger Landschulheimaufenthalt im Frühjahr 1974. Die Fahrt ging nach Südtirol in ein abgelegenes Dorf, von dem aus unsere Klasse einige Ausflüge unternahm.

Unter anderem waren wir auch in Venedig, beim Wandern und sahen uns noch andere interessante Sehenswürdigkeiten in der Gegend an. Am Samstag hatten wir dann frei und am Montag war die Rückfahrt geplant. Den Samstag verbrachten die meisten auf der Wiese, einige planschten im Wasser des kleinen Pools und andere hörten Musik oder waren in ein Buch vertieft.

Ich war damit beschäftigt, ein Bild von den Erlebnissen und Eindrücken der vergangenen Woche zu malen. Es gab einen Wettbewerb in der Klasse: Wer das beste Bild malte, konnte zum Abschluss einen kleinen Preis gewinnen. Malen war etwas, das ich nicht nur gern machte, sondern für das ich auch eine gewisse Begabung hatte. An diesem freien Nachmittag kamen die Jungs vom Dorf zu uns zu Besuch. Die meisten von ihnen kannten wir von vorigen Begegnungen, aber dieses Mal war einer dabei, den wir noch nicht kannten. Er setzte sich zu mir und schaute mir über meine Schulter beim Zeichnen zu. Wir kamen miteinander ins Gespräch und ich erfuhr, dass er Karl hieß, 17 Jahre alt war und gerade eine Lehre als Technischer Zeichner machte. Ich sah ihn auch am Sonntag wieder, das letzte Mal, denn am Montag fuhren wir wieder zurück. Es war eine kurze

Bekanntschaft, aber von Karl bekam ich den ersten richtigen Kuss, und das war für mich als 15-Jährige etwas ganz Besonderes, das ich bisher noch nicht erlebt hatte. Deshalb denke ich, gehört das Erlebnis einfach zu dieser ganzen Erzählung dazu, auch wenn es keine weitere Bedeutung und Auswirkung für mich hatte.

Im kommenden Schuljahr gingen wir erneut auf Klassenfahrt. Wieder fuhren wir in den Ort in Südtirol und dieses Mal war nicht nur eine, sondern meine beiden Freundinnen waren mit dabei. Wir alle waren ein Jahr älter und reifer und damit unternehmungslustiger als das Jahr zuvor–wie man sich denken kann.

So eine Gruppe Teenager zusammenzuhalten, war keine einfache Aufgabe für unsere Lehrerin. So war sie auf der Suche nach einer Begleitperson, einem Elternteil, das bereit war, die Verantwortung mit ihr zu teilen.

Wie es zustande kam, dass sich plötzlich mein eigener Vater für diese Aufgabe meldete, ist mir nicht mehr im Gedächtnis geblieben, aber so war es. Er ging tatsächlich mit uns auf Klassenfahrt. Das war bis dahin etwas völlig Neues, was er bisher noch nie getan hatte. Weder bei mir noch bei einer meiner Schwestern, denn er war hauptsächlich mit seiner Arbeit beschäftigt und bemüht, dass zu Hause alles nach seiner Vorstellung und Zufriedenheit funktionierte. Nun hatte ich also auf der Klassenfahrt einen Aufpasser an meiner Seite. Es schien mir damals nicht wirklich angemessen, einen älteren Mann zu so einem Ausflug mit lauter jungen Menschen mitzunehmen. Wenn ich heute darüber nachdenke, war mein Vater zu der Zeit gerade einmal 44 Jahre alt, in meinen damaligen Augen ein alter Mann.

Er musste sich für diese Zeit extra freigenommen haben, so wichtig war es ihm, mitzukommen. Und diese eine Woche hat sein Wesen vollkommen verändert. Ich hielt mich fast immer in gebührendem Abstand zu ihm auf, was nicht schwer war. Denn erstaunlicherweise scharten sich immer wieder mal der eine oder andere meiner Mitschüler um ihn. Es war offensichtlich, dass sie sich in seiner Gegenwart wohlfühlten. Viele der Mädchen waren in ihrer Entwicklung schon weiter fortgeschritten als ich. Manche hatten schon einen festen Freund, andere litten gerade unter Liebeskummer und wussten sich keinen Rat. Es war für viele eine Zeit der aufwühlenden Gefühle.

Mit diesen Geschichten, Fragen und Erlebnisse kamen sie nun ausgerechnet zu meinem Vater. Ihm öffnete sich eine Welt, die er bisher nicht kannte. Für ihn waren seine Töchter noch in den Kinderschuhen, während sie in Wahrheit schon mit der ersten großen Liebe ihre Erfahrung machten. Er erkannte auch, dass wir zu Hause in einer gewissen, unrealistischen Isolation lebten und, dass andere Jugendliche in unserem Alter schon deutlich weiter in ihrer Entwicklung waren. Er brachte für meine Mitschülerinnen und Mitschüler viel Verständnis auf und mancher hat sich gerne auch noch lange nach dem Klassenausflug an die Begegnung mit meinem Vater erinnert.

Diese Woche veränderte auch meine Beziehung zu ihm. Hatte ich bis dahin nur den strengen, unnachgiebigen Vater in ihm gesehen, der nichts durchgehen ließ, dem man absoluten Gehorsam leisten musste, so sprach ich ihn danach eine ganze Zeit lang liebevoll mit ‚Väterchen' an, um nicht einfach plump zu dem alten Wort Papa zurückzukehren. Es sollte auch in der Aussprache eine Erneuerung stattfinden.

Natürlich fielen wir später zu Hause wieder in die alten Muster zurück. Unser Miteinander gestaltete sich anfangs nicht einfacher durch dieses einwöchige Erlebnis. Dennoch hatte sich langfristig unser Umgang miteinander grundlegend geändert. Ich konnte meinem Vater Dinge sagen, die ich vorher niemals gewagt hätte, auszusprechen. Das Erstaunliche daran war, dass er auf mich hörte und auch manchmal danach handelte.

Ich erinnere mich zum Beispiel daran, dass meine Eltern einige Jahre später bei uns zu Besuch waren. Und wie es die Art meines Vaters war, kaufte er in einem Hofladen allerlei ein. Unter anderem auch eine Flasche selbstgebrannten Schnaps. Für jemanden, der so etwas hin und wieder trinkt, mag eine Flasche Schnaps etwas Gutes und Besonderes sein. Für meinen Vater war es das reine Gift. Ich wusste, welche Auswirkungen es hatte, wenn er Alkohol, zumal so hoch konzentrierten zu sich nahm: Er verwandelte sich in einen Menschen, der wie eine Ladung Dynamit unberechenbar und extrem explosiv wurde.

Weil ich das wusste, machte ich dieses Mal den Mund auf. Vielleicht das erste Mal bewusst. Ich erklärte ihm meine Sicht der Situation: »Du weißt, dass dir das nicht guttut. Dieser Schnaps ist einfach nur Gift für dich und gefährlich!« Ich konnte es kaum fassen, dass diese Worte aus meinem Mund kamen. Ich hatte es ihm ins Gesicht gesagt. Seine Reaktion darauf fiel auf jeden Fall völlig anders aus, als erwartet. Er hörte mich an und blieb ganz ruhig. Dann nahm er die zuvor gekaufte Flasche mit dem guten Schnaps und kippte den gesamten Inhalt in den nächstbesten Ausguss. Damit war die Sache erledigt und ich konnte nur noch staunen.

Das nächste Mal, dass ich ihm wieder etwas sagte, hatte noch weitreichendere Folgen. Es war an seinem 66sten Geburtstag. Wir waren bei unseren Eltern zu Besuch, um mit ihnen zu feiern. Da nahm ich ihn wieder zur Seite und sagte zu ihm: »Ich denke, es wäre gut, wenn du deinen Führerschein abgibst. Stell dir vor, du könntest eine ganze Familie ins Unglück stürzen, wenn du am Steuer einschläfst.«

Dazu muss man wissen, dass mein Vater immer und bei jeder Gelegenheit in einen plötzlichen Sekundenschlaf fallen konnte. Davon war auch das Autofahren nicht ausgenommen. Meine Mama hatte oft davon berichtet, wie viele Schreckmomente sie schon erlebt hatte, wenn sie mit ihm unterwegs war.

Wie ich auf die Idee kam, ihm das vorzuschlagen weiß ich nicht mehr. Dafür erinnere ich mich umso besser an seine Reaktion auf diesen gut gemeinten Vorschlag. Es war ein ganz normaler Werktag. Und es war sein Geburtstag. Und er hatte spontan nichts Besseres zu tun, als schnurstracks in das Autohaus zu fahren, in dem er gewöhnlich seine Autos kaufte. Dort gab er erstens seinen Führerschein ab und verkaufte im gleichen Atemzug sein Auto. Ich konnte echt nur staunen.

Was hatte ich getan? Wie konnte ich einen 66-jährigen Mann dazu bringen, von einem auf den anderen Moment Führerschein und Auto abzugeben? Aber es war so und es war gut so.

Tagebuch 01.12.2002:

Zunächst Dank, Lob, Preiß und Ehre Gott Vater, Sohn und Heiliger Geist, der Großes getan hat. Der Himmel und Erde geschaffen hat, Sonne, Mond und Sterne, alle Pflanzen, Tiere und den Menschen. Hab Dank, dass Du uns kennst und trotzdem liebst, dass Du unsere Sünden siehst und Dich dennoch nicht von uns abwendest.

Es wäre Dir eine Kleinigkeit, in einem Augenblick alles Treiben auf dieser Erde auszulöschen, aber Du hast uns das kostbare Geschenk der Freiheit gegeben. Freiheit, jeden Tag neu Entscheidungen zu treffen–
für Dich oder gegen Dich,
für Recht und Unrecht,
für Reden oder Schweigen,
für Liebe oder Hass,
für das Leben oder den Tod.

So viel Freiheit hast Du uns geschenkt und wir haben in all den Jahrtausenden noch immer nicht gelernt, damit umzugehen. Vergib uns Vater unser Unvermögen, im Namen Jesu bitten wir dich.

Vergib unseren verstopften Ohren, unseren verbundenen Augen, unseren gefesselten Händen, lahmenden Beinen und steinernen Herzen.

Vergib uns und erneuere uns durch Deinen reinigenden Heiligen Geist.

Reinige uns mit reinem, klaren Wasser, dass uns alle Lebensporen geöffnet werden, wir Deinen Willen erkennen, wir die Kraft erhalten, Deinen Willen auch zu tun.

Lehre uns, Herr, wieder neu Furcht, Ehrfurcht, Anbetung, Lobpreis und Liebe zu Dir, dem alleinigen Gott, zu erlangen. Dass wir wieder neu lernen, jeden noch so kleinen Schritt mit Dir zu gehen. In dem Bewusstsein, dass Du da bist, wie Du selbst gesagt hast, Jesus Christus, Sohn Gottes:

»Siehe ich bin bei euch alle Tage bis an der Welt Ende!« Matthäus 28, 20.

Danke für diese Zusage.

Wach geküsst

Euer ganzes Leben soll von der Liebe bestimmt sein.

Epheser 5, 3

Aus meinem Tagebuch:

Ein Ereignis, das ich unbedingt festhalten möchte, das ich aber sicher nicht vergessen werde, ist der 9. Februar 1975, ein Fasnachtssonntag.

Ich war inzwischen 16 Jahre alt und durfte an Fasnacht das erste Mal zum Tanz. Ich war mit meiner älteren Schwester schon die zwei vorherigen Tage ausgegangen und an diesem Sonntag waren wir bis zum letzten Augenblick unentschlossen, ob wir nun ins nächste Dorf gehen sollten oder nicht.

Den letzten Anstoß gab unser Papa, der uns dann auch mit dem Auto hinfuhr. Wir betraten den kleinen, überfüllten Saal, der in der Mitte geteilt war.

In einer Ecke befand sich eine kleine Musikband mit einer Tanzfläche, auf der anderen Seite waren Tische und Bänke untergebracht. Nur an einem Tisch waren noch einige Plätze frei. Ganz gegen mein sonstiges Wesen ging ich mutig hin und fragte, ob hier noch frei wäre. Es war. Und ich habe diesen Schritt bis heute noch nicht bereut. Meine Schwester und ich setzten uns gegenüber, jede auf eine andere Seite einer Bierbank, die für solche Zwecke immer benutzt wurde.

Es tanzten viele Paare auf der winzigen Tanzfläche und man wunderte sich eigentlich, wie viele Menschen auf so kleinem Raum Platz fanden und dabei auch noch tanzen konnten. Als dann die Band eine kurze Pause einlegte und die Menschen zu ihren Plätzen zurückströmten, mussten wir feststellen, dass auch unser Tisch schon belegt war. Einer dieser Tischbeleger war Wolfgang, mein jetziger Freund, mit dem ich seither zusammen bin und den ich von ganzem Herzen liebe. Übrigens kam ich an jenem Abend, bzw. Morgen erst um vier Uhr nach Hause.

Dass ich Wolfgang kennenlernen durfte, ist wohl das Beste, was mir im Leben passieren konnte. Dass so etwas überhaupt passieren konnte, ist mir immer noch ein Rätsel. Ich bin überzeugt, dass Gott auch da seine Finger im Spiel hatte, sonst wäre das nicht möglich gewesen. Ich war nämlich ein echter Stubenhocker und auf irgendwelche Feste oder Feten ging ich so gut wie nie.

Dass wir an jenem Fasnachtssonntag doch fortgingen, musste wohl so sein. Mein Vater war in Wirklichkeit die treibende Kraft, der uns gut zuredete, nun doch zu gehen. Er wollte uns fahren und auch noch eine Weile bleiben. Das wusste ich einerseits, andererseits machte es mir auch

Angst. Denn ich kannte ihn gut genug und wusste, dass er sich betrinken würde und hatte die Befürchtung, dass sein Bleiben zu nichts Gutem führen konnte. In Wahrheit hatte ich aber meinen Vater an jenem Abend recht schnell vergessen. Die Ereignisse nahmen mich voll und ganz in Anspruch. Die neuen Menschen, die wir kennenlernten, waren lustig und faszinierten mich. Fast alle, die an diesem Tisch saßen, gehörten zu ein und derselben Familie. Dass ich selbst einmal ein Teil dieser Familie werden würde, konnte ich an diesem Abend nicht ahnen.

Wolfgang, dem ich an dem Abend besonders nahekam, lud mich ein, auch am nächsten Abend mit ihm fortzugehen. Natürlich würden auch alle anderen dabei sein. Er aber meinte, er würde mich abholen. Okay, ich war einverstanden.

Denn das war mir noch nie passiert, dass ein junger Mann mich abholen wollte und außerdem könnte es ja auch sein, dass er mich am nächsten Tag schon vergessen hätte. Ich sah dem nächsten Tag mit Spannung entgegen. Und tatsächlich: Am Abend klingelte es bei uns und ein strahlender Wolfgang stand vor der Tür. Er stellte sich vor und kam, ohne mit der Wimper zu zucken oder irgendwie schüchtern zu sein, einfach rein. Schüttelte meiner Mama und meinem Papa die Hand, unterhielt sich kurz mit ihnen und wir waren auch schon wieder weg.

Dieses erste Abholen war für mich mit das Faszinierendste, das ich von ihm erleben durfte.

Ich hatte bis dahin selten erlebt, dass irgendein Mensch meinem Vater so unbeschwert und ohne Vorbehalte begegnet ist. Immer waren die Menschen eingeschüchtert und konnten meistens in seiner Gegenwart nicht frei reden. Für Wolfgang war das kein Problem. Er gewann die Menschen in seiner Umgebung mit seinem charmanten Lächeln für sich.

Er brachte die Wende in meinem Leben. War ich bisher wie eine Raupe in meinem Körper gefangen und nagte mich so von einem Blatt zum anderen, ohne weiterzusehen, entwickelte ich mich unter seiner behutsamen und fröhlichen Art zu einem Schmetterling, der neugierig auf das Leben wurde.

Das brauchte natürlich noch viel, viel Zeit, aber ein Anfang war getan.

Er hat mich wach geküsst. Ich war 16 und dem Prinzen meines Lebens begegnet.

Verliebt, verlobt, verheiratet

Blicke in dein Inneres!
Da drinnen ist die Quelle des Guten, die niemals aufhört zu sprudeln, solange du nicht aufhörst, nachzugraben.

Marc Aurel

Nachdem ich meinen Mann kennengelernt hatte, begann ein neues Kapitel in meinem Leben. Meine Kindheit war praktisch abgeschlossen und spielte fortan keine Rolle mehr.

Ich konzentrierte mich auf die Gegenwart und die Zukunft. Die drehten sich hauptsächlich um Wolfgang. Ich ging zwar noch zur Schule und absolvierte auch nach der Schule noch eine dreijährige Lehrzeit, während ich bei meinen Eltern wohnte, aber in Gedanken war ich schon weit weg und meine Familie spielte keine Rolle mehr in meinen Plänen.

Wolfgang arbeitete während der Woche in einer Stadt, die anderthalb Stunden entfernt lag und kam nur am Wochenende zu seinen Eltern nach Hause. Nun kam er am Wochenende zu mir. Das heißt, er holte mich ab und wir verbrachten viel Zeit miteinander. Nach und nach lernte ich seine Familie kennen. Für ihn war es selbstverständlich, dass er mich mit zu sich nach Hause nahm. Für mich war es erst einmal ein Schock.

In seinem Elternhaus herrschte das pure Leben. So viele Menschen wuselten durch die Räume, dass ich den Überblick verlor. Ich erinnere mich, wie ich in der Küche ganz am Rand auf einem Stuhl saß und nur beobachtete, was da um mich herum vor sich ging. Waren wir erst einmal bei ihm, hatte er mich schon fast vergessen, denn ständig war er mit irgendeiner der anwesenden Personen in Gespräche vertieft. Diese Personen kannten mich noch nicht, aber sie waren es gewohnt, neue Gesichter um sich zu haben und sich nicht weiter darüber zu wundern.

Trotzdem ignorierten sie mich nicht, sondern einer nach dem anderen sprach mich im Vorbeigehen freundlich an: »Möchtest du was trinken?« oder: »Möchtest du was essen?« oder: »Kann ich dir helfen?« oder: »Willst du nicht ins Wohnzimmer kommen, zu den anderen?« Und noch einiges mehr fiel ihnen ein, um mich aus der Reserve zu locken. Ich aber ließ mich nicht locken. Ich saß da auf meinem Stuhl. Und bekam den Mund nicht auf, bei jeder nur erdenklichen Frage schüttelte ich nur den Kopf und sagte: »Nein, danke.«

Ich fühlte mich wie ein Wesen von einem anderen Stern und genauso wirkte ich auf die Menschen.

Um zu verstehen, warum in diesem Haus so viel los war, muss man wissen, dass Wolfgang der Zweitälteste von insgesamt acht Geschwistern war. Seine Mutter war die Seele des Hauses und erschien mir damals als perfekte Frau, die alles im Griff hatte und der nichts zu viel war. Im Gegenteil: Sie forderte die ganze Meute geradezu heraus, sich von ihr umsorgen zu lassen, sich dort zu versammeln und im Großen und Ganzen um sie zu scharen. Was natürlich jeder gern in Anspruch nahm. Auch ihre eigene Mutter wohnte noch im Haus. Sie war damals schon über 80 Jahre, aber noch geistig rege und fit. Oft sah man sie in ihrem Lehnstuhl sitzen und Socken stricken oder einen Krimi lesen, was zu ihren Lieblingsbeschäftigungen gehörte.

Später, als ich sie näher kennenlernte, hat sie mir des Öfteren gesagt: «Du hast den Besten erwischt!«

Da kann ich ihr im Nachhinein nur zustimmen. Vier von Wolfgangs Geschwistern waren schon verheiratet. Drei davon hatten Kinder und die anderen mehr oder weniger feste Freundschaften. Nur Wolfgang bildete die Ausnahme. Er hatte bis zu dem Zeitpunkt, als ich ihn kennenlernte, noch keine feste Beziehung. Dafür besaß er ein eigenes Auto und jede Menge Zeit, was für seine Mutter damals auch ein Segen war. Überhaupt hatte er zu seiner Mutter eine sehr intensive Beziehung und half ihr, wo er nur konnte, ging mit ihr einkaufen und kümmerte sich um viele Aufgaben, die rund um dieses große Haus anfielen. Es war damals kurz vor seinem 26. Geburtstag und ein Nachbar, so erzählte er mir später, sagte ihm immer: »Den Knochen, der für dich bestimmt ist, den frisst dir kein Hund weg!«

Es stellte sich heraus, dass ich dieser Knochen war. Aber zu Anfang war das ganz und gar nicht klar. Seine Mutter war erst mal entsetzt und fragte ihn ernsthaft, was er denn mit dem ‚Schulermädle' anfangen wollte. Womit sie natürlich recht hatte, denn ich war erst 16 und damit fast zehn Jahre jünger als er.

Es war auch keine ganz unproblematische Zeit für uns beide, denn wir kamen auch noch aus ganz unterschiedlichen Familien. Aber wir verbrachten ab sofort die meisten Wochenenden zusammen, wobei mich Wolfgang immer abends nach Hause brachte, egal, wie spät es war.

Auswärts zu übernachten, ging für mich gar nicht. So kam es oft vor, dass wir stundenlang im Auto vor unserem Haus saßen und ich darauf wartete, dass bei uns zu Hause endlich, endlich das Licht ausging. Denn nur dann konnte ich unbehelligt in mein Bett verschwinden. Wenn ich doch einmal zu früh nach Hause kam und meine Eltern noch wach waren, spielten sich jedes Mal unschöne Szenen ab. Fast immer fand ich meine Eltern betrunken vor und sich gegenseitig wüst beschimpfend. Wenn ich überraschend dazwischenkam, war ich dann das Objekt ihrer Zornausbrüche.

Es waren wüste Drohungen, die sie sich gegenseitig an den Kopf warfen, und meine Mutter reizte meinen Vater bis aufs Blut, endlich seine Drohungen in die Tat umzusetzen. Sie konnte einfach nicht den Mund halten, besonders wenn sie getrunken hatte und wusste nicht, wann es Zeit war, aufzuhören. Mein Vater musste sich jedes Mal zusammennehmen, um nicht die Beherrschung zu verlieren und handgreiflich zu werden. Es war einfach schrecklich, dieses Schauspiel Woche für Woche mitzumachen und zu verfolgen. Deshalb das geduldige Ausharren im Auto und die Hoffnung, niemanden mehr wach anzutreffen. Während der Woche rissen sich die beiden zusammen, denn da musste der Vater ja am nächsten Morgen arbeiten und sollte fit sein. An den Wochenenden aber waren sie nicht aufzuhalten.

Wie es meinen Geschwistern gelungen ist, sich mit dieser Situation zu Hause zu arrangieren, ist mir nach wie vor ein Rätsel. Aber sie spielen in meinen Gedanken an die Vergangenheit auch kaum eine Rolle. Vielleicht ist es auf jene Zeit zurückzuführen, dass später meine ältere und meine jüngere Schwester schließlich zu Alkoholikerinnen wurden. Beide litten zu dieser Zeit auch an massiven Essstörungen, was ich eher zufällig registrierte. Ich bemerkte, dass sie immer nach dem Essen aufs Klo gingen, um sich zu erbrechen. Es dauerte ziemlich lang, bis mir das klar wurde. Es war mir unverständlich, wie man so etwas machen konnte. Im Nachhinein verstehe ich, dass sie ebenfalls der Situation zu Hause nicht gewachsen waren und sich deshalb in eine Sucht flüchteten. Beiden gelang es übrigens zwei Jahre nach dem Tod unseres Vaters, völlig unabhängig voneinander aus dieser Sucht freizukommen.

Nach meiner Lehrzeit beschlossen Wolfgang und ich, zu heiraten, denn es war höchste Zeit für mich, zu Hause auszuziehen. Aber die Sache mit dem Heiraten stellte uns erst mal vor ungeahnte Herausforderungen. Plötzlich wurde uns bewusst, dass wir unterschiedlichen Konfessionen angehörten.

Wolfgang war in einer traditionellen, katholischen Familie aufgewachsen, hatte alle Stationen der damaligen katholischen Dorfjugend durchlaufen, war Ministrant, Pfadfinderleiter in seinem Dorf und seine Eltern und Geschwister waren in der Kirche aktiv. Damals war es in der Gegend noch nicht üblich, dass ein Katholik eine Evangelische heiratete, schon gar nicht in dem Dorf. So beschlossen wir, ökumenisch zu heiraten. Wir hatten bei unserer Hochzeit zwei Pfarrer, einen katholischen und einen evangelischen. Das war für die beiden auch eine Premiere. Was ich Wolfgang und der katholischen Kirche zugestehen musste, war das Versprechen, dass ich unsere Kinder katholisch erziehen würde. Das versprach ich, ohne lang darüber nachzudenken. Schließlich war ich nicht religiös erzogen und damals an keine eigene Tradition gebunden.

Bei der Suche nach meiner Vergangenheit machte ich übrigens viele Jahre später eine interessante Entdeckung: Beide Eltern meiner Mutter hatten bei ihrer Heirat ebenfalls unterschiedliche Konfessionen. Ihr Vater übernahm die evangelische Zugehörigkeit der Mutter. Als er allerdings zehn Jahre später wieder vom Krieg nach Hause kam, entschied er, sich wieder der katholischen Kirche anzuschließen. So kam es, dass meine Mutter und ihr fünf Jahre jüngerer Bruder evangelisch waren. Der Jüngste aber, der zehn Jahre jünger war, wurde dann katholisch getauft. Selbst eine Generation zuvor, also die Herkunftsfamilien von Oma und auch Opa mütterlicherseits, bestanden aus überkonfessionellen Eltern.

So ungewöhnlich, wie wir anfangs dachten, war also unsere ökumenische Eheschließung gar nicht.

Tagebuch, 27. Januar 1999:

Heute Nacht! Danke, mein Vater, für Dein barmherziges Umgehen mit mir.

Dass Du mir Wolfgang gesandt hast, war Deine Gnade. Danke, mein Vater für diesen liebevollen, sanften Menschen. Nicht ich, sondern Du, mein Gott, hast ihn für mich ausgesucht und ich danke Dir von ganzem Herzen dafür. Heute Nacht habe ich dieses Vorgehen, dieses liebevolle, sanfte Umgehen mit mir erstmals richtig und eindeutig erkannt. Wie wusstest Du doch, dass ich eines geduldigen, lieben, zuhörenden, mich ernst nehmenden Mannes bedurfte.

Und danke, Gott, mein Vater, dass Du für mich diese Wahl getroffen hast. Wie immer, wolltest Du für Dein Kind nur das Beste. Es hätte auch anders kommen können: ein grober Hobel, ein herrschender Tyrann, ein penetranter Nörgler, ein von sich selbst überzeugter Egoist.

Das alles blieb mir erspart, denn in Wolfgang habe ich den sanftmütigsten, geduldigsten und liebevollsten Mann, den man sich vorstellen kann, und noch einmal sage ich Danke. Danke für Deine Wahl für mich und unser gemeinsames Leben.

Neues Leben

Wenn nach einer dunklen Wolke wieder mal die Sonne scheint,
wenn`s in deinem Herzen kribbelt, weil das Leben gut es meint,
nimm dein Leben in die Hände, wirf´s dem zu, der ohne Glück,
und im Nu kommt es als schöner Bumerang zu dir zurück.

John Wallace Crowford

Nach der Hochzeit zogen wir in den Ort, in dem Wolfgang arbeitete, etwa anderthalb Stunden von der Wohnung meiner Eltern entfernt. Mein neues Leben beanspruchte mich ganz und gar und ich verlor keinen Gedanken mehr an meine so unschöne Vergangenheit.

Wir bekamen zwei prächtige Söhne und eine bezaubernde Tochter. Ich lernte, Mutter und Ehefrau zu sein und einigermaßen meinen Haushalt in Schuss zu halten. Das füllte lange Zeit mein Leben aus.

Mit dem Bewusstsein der Verletzlichkeit unserer Kinder wuchs auch mein Vertrauen in Gott. ER wurde tatsächlich zu meinem Vertrauten in allen Dingen. Oft gab es Situationen, mit denen ich schlichtweg überfordert war. Vor die größten Herausforderungen stellte mich unser mittlerer Sohn, als er die Kindergartenzeit beendet hatte und in die Schule gehen sollte. Eines Tages konfrontierte er mich mit einer Aussage, die für mich den Rahmen meines Denkens sprengte und hilflos machte. Er behauptete allen Ernstes: »Mama, wenn ich in die Schule gehe, werde ich von einem Auto überfahren.« Dieser Satz kam von ihm mit einer Bestimmtheit und so, als könnte diese Tatsache durch nichts erschüttert werden. Mich traf dieser Satz bis ins Mark.

Ich konnte mein Kind, keines unsere Kinder, jemals beschützen. Ich konnte einfach nicht ständig an ihrer Seite sein, um auf sie aufzupassen. Das war schlichtweg unmöglich. In dieser Situation, der ich hilflos ausgeliefert war, blieb mir als einziger Ausweg: mein Vertrauen auf Gott zu setzen. Ich ging allein zu Hause auf die Knie und übergab Jesus das Leben unserer Kinder und meine ganze Hilflosigkeit.

Das war der Moment, in dem mein Leben wieder eine radikale Wende erfuhr. Mein neues Leben, unsere kleinen Kinder und meine Aufgabe als Ehefrau hatten mich so vereinnahmt, dass ich an mich selbst kaum einen Gedanken verschwendete. Das wurde plötzlich anders.

In mir wuchs mein Glaube an Gott, Jesus, den Heiligen Geist. Ich übergab wirklich bewusst Jesus immer mehr Verantwortung für unsere Kinder. Dazu gehörte auch, dass ich sie seit dieser Zeit immer mit einem Segen aus dem Haus entließ: »Gott behüte dich« ist mein Satz, den ich ihnen auch heute noch immer mit auf den Weg gebe.

Als unsere Kinder in die Schule kamen, nutzte ich die freigewordene Kapazität, um mir über einige Dinge in meinem bisherigen Leben bewusst zu werden. Damals wuchs in mir so nach und nach die Erkenntnis, dass ich einen großen Teil meiner eigenen Kindheit schlichtweg nicht erlebt hatte. Ich hatte eindeutig eine Gedächtnislücke. Erst, als ich mich weiter damit beschäftigte, wurde auch klar, dass diese Gedächtnislücke lediglich die Innenräume der Wohnungen betraf, in denen wir früher gewohnt hatten. Ich fand es seltsam, dass es so etwas geben sollte, aber es entsprach der Wahrheit.

Gleichzeitig wuchs auch mein geistiges Leben und ich durfte mit Gottes Hilfe die Vergebung meiner bisherigen Sünden erleben. Nachts nahm Gott die Gelegenheit wahr, um mich Stück für Stück an Ereignisse aus meinem Leben zu erinnern. Ich hatte dabei die Möglichkeit, jeweils um Vergebung zu bitten.

Das gestaltete sich als ein langwieriger Prozess. Es ging nicht nur darum, meine Schuld zu bekennen und Vergebung zu erfahren, sondern es war auch die Zeit zu lernen, was es heißt, Menschen Vergebung zuzusprechen, die sich an mir schuldig gemacht haben. Das Geschehene wird dadurch nicht verändert, aber meine Sicht auf das Geschehene ändert sich.

Im Vater-Unser-Gebet lehrt uns Jesus, beides in Anspruch zu nehmen, Vergebung zu erfahren und Vergebung aussprechen, auch über den Tod hinaus.

Als mein Vater 1997 starb, hatte ich noch nicht damit angefangen, meine Kindheit aufzuarbeiten. Sie war mir in keinster Weise präsent. Und ich wusste noch nichts davon, wie wichtig es für mich sein sollte, dass ich ihm gegenüber Vergebung ausspreche. Nun könnte man denken, es wäre ja jetzt, nach seinem Tod, nicht mehr so wichtig und außerdem sowieso zu spät. Da ich vieles nicht mehr wusste, hatte ich auf den ersten Blick auch wenig zu vergeben.

Aber der Schein trügt. Es war auch die Zeit, in der Gott mir viele Träume und Visionen schenkte. So auch der folgende Traum, der das Ausmaß und die Dimension des Vergebens deutlich belegt.

Tagebuch, Montag, 3. April 2000:

Es war mal wieder so eine Nacht. Von Sonntag auf Montag. Vorausgegangen ist ein Gebet, das ich vor einiger Zeit gesprochen habe.

Ich sagte Gott, aus vollem Herzen und voller Ernst, dass ich allen und jedem vergeben möchte, der jemals in meinem Leben an mir schuldig geworden war. Und es war wirklich eine bewusste Aussage, ein Herzenswunsch und mein voller Ernst. Ich gestehe, an die Auswirkungen dachte ich in diesem Augenblick nicht. Erst im Rückblick wird mir klar, welche Bedeutung diese Nacht für mein Leben hatte, wie wichtig sie für mich war.

Der Traum: Es gab einen fürchterlichen Krach. Ich wachte auf und wusste, dass irgendetwas Schreckliches passiert war. Ich hatte fürchterliche Angst, mein Herz raste, ich war schweißgebadet und ich konnte diese schreckliche Angst spüren, die ich als Kind gehabt haben musste, an die ich mich aber nicht bewusst erinnerte, denn diese Zeit meines Lebens ist aus meinem Gedächtnis gelöscht.

Die Angst beherrschte mich und lähmte mich. Angestrengt hörte ich nach draußen, vor meiner Tür. Schließlich stand ich auf, um nachzusehen.

Ich kam nur langsam voran, hatte diesen Watschelgang, denn meine Füße waren gefesselt und meine Hände auch. Als ich die Türe aufmachte, sah ich mich meinem Vater gegenüber. Er schaute mich mit böse funkelnden Augen an.

Ich muss noch sehr klein gewesen sein, denn ich musste hoch zu ihm aufblicken. In seiner rechten Hand hatte er ein großes Fleischermesser, das er bei meinem Erscheinen mit voller Wucht in den Boden zwischen seine Füße steckte. In der linken Hand hielt er ein kleines Küchenmesser hoch erhoben, bereit, sich zu verteidigen. Wenn es sein musste, auch gegen mich. Ich hatte solche Angst vor ihm und seine Augen blickten mich abgrundtief böse an. Und das meine ich wirklich so, wie ich es schreibe. Ich registrierte aber, dass an keinem der Messer Blut war, und das beruhigte mich irgendwie. Ich griff mit meinen gefesselten Händen in Richtung seiner Hand, um ihm das Messer wegzunehmen.

Auch um meinen Vater waren eiserne Ketten geschlungen. Es waren starke Eisenketten, die aus massiven, einzelnen, metallenen Kettengliedern bestanden.

Irgendetwas sagte ich zu ihm, aber ich weiß nicht mehr, was. Auch er sagte etwas zu mir, bedrohte mich, versuchte, mich davon abzuhalten, das Messer zu greifen. Aber schließlich ergriff ich das Messer und nahm es ihm ab. In dem Moment lösten sich meine Fesseln an Händen und Beinen.

Ich spürte körperlich die Erleichterung. Die Fesseln lösten sich in tausend Teile auf, und nicht nur meine Fesseln. Auch die Kettenglieder meines Vaters sah ich vor meinen Augen in kleine Stücke zerbrechen, als wären sie nicht aus Eisen, sondern aus brüchigem Glas.

Nach dieser Horrorszene (ich bekomme heute immer noch Herzklopfen, wenn ich daran denke) kam der eigentliche Hammer. Als mich eine Stimme fragte: »Und diesem Mann, diesem Monster, willst du vergeben? Ist das dein Ernst? Nach allem, was er dir angetan hat?«

Diese Frage haute mich dann um. Ich fing fürchterlich an zu weinen und zu klagen und wollte nicht mehr aufhören, so betroffen und traurig war ich. Da war aber immer noch diese

Frage im Raum. Ich entschloss mich schließlich unter Tränen, JA zu der Vergebung zu sagen.

Es war ein entschiedenes Ja, das von Herzen kam. Wenn ich jetzt darüber nachdenke, bleibe ich auch entschieden bei dem Ja. In jener Situation aber weinte ich und war ganz furchtbar traurig. Ich hörte mich sagen: »Er ist doch mein Papa und ich hab ihn lieb. Er ist doch mein Papa. Ich vergebe ihm.«

Tränen rannen über mein Gesicht und immer und immer wieder wiederholte ich diese Sätze. Schließlich wachte ich aus diesem Albtraum auf. So langsam kam mir das gerade Erlebte voll zu Bewusstsein und jetzt, wo ich mit klarem Verstand darüber nachdenke, umfängt mich diese Traurigkeit ganz und gar.

Als ich zufällig auf die Uhr sah, war es noch nicht mal Mitternacht. Auch Wolfgang war noch nicht im Bett. Ich hatte das dumpfe Gefühl, eine lange Nacht vor mir zu haben und die wurde es auch, denn das Traumerlebnis verfolgte mich. Ich wachte immer wieder mal schweißgebadet, die Kehle vor Angst wie zugeschnürt, zitternd und bebend auf.

Jesus war in dieser Nacht, wie schon so oft mein Rettungsanker, meine feste Burg. Ich lud ihn ein, ganz persönlich der Wächter meiner Träume zu sein, sonst hätte ich mich nicht mehr getraut einzuschlafen, aus Angst vor neuen Schrecken.

Nicht alle Träume betrafen mein Leben. In einigen ging es auch um Menschen oder Situationen in meiner unmittelbaren Umgebung.

Angeleitet durch eine gute Freundin, lernte ich nach und nach, diese Träume und Visionen einzuordnen und auch den Mut zu haben, auf bestimmte Personen zuzugehen, um ihnen davon zu berichten. Ähnlich wie in meiner Kindheit begann ich, in einer Art Parallelwelt zu leben.

Einerseits gab es das reale Leben, das sich tagsüber abspielte, andererseits gab es ein nächtliches Leben, wo mich Gott und Jesus regelmäßig in Träumen und Visionen viele wertvolle Dinge lehrten. Gleichzeitig hatte ich begonnen, intensiv die Bibel zu lesen, die mir bis dahin ein Buch mit sieben Siegeln gewesen war.

Es war meine Lehrzeit. Anfangs war alles neu und fremd und unerklärlich, aber mit der Zeit lernte ich vieles von dem zu verstehen, was ich las und hörte und erlebte.

Ehekrise

Sooft ich dachte: »Jetzt ist alles aus!«, halfst du mir in Liebe wieder auf.

Psalm 94,18

Tagebuch, Sonntag, 4. Advent 1993:

Am Freitag ist Heiligabend. Ich bin sehr glücklich und danke Gott von Herzen dafür. Hab Dank, Herr, für die Kinder, die Du uns geschenkt hast.

Hab Dank für den lieben Mann, den Du mir zur Seite gegeben hast und bitte, gib mir Kraft und Mut, diese Familie in Deinem Sinne zusammenzuhalten und zu stärken, dass aus den Kindern gottesfürchtige, gläubige Menschen werden.

Während unser Alltag uns kaum eine Ruhepause gönnte, schlitterten wir fast unbemerkt in eine tiefe Ehekrise. Mitverantwortlich dafür war sicherlich unser gegenseitiges Schweigen. Ich machte zwar geistige Erfahrungen, meinem Mann erzählte ich aber nichts davon. Ihn schloss ich aus diesen Erfahrungen aus.

Er wiederum deutete mein Schweigen als eine Art Tatsache dafür, dass ich wohl fremdgehe. Er war schon immer schweigsam, nun wurde er in meiner Gegenwart ganz und gar stumm und bestrafte mich mit Ignoranz, als wäre ich nicht mehr vorhanden. Unsere Liebe war erkaltet und es hätte damals durchaus zu einem endgültigen Aus unserer Ehe kommen können.

Ich hatte die antrainierten Verhaltensweisen meiner Kindheit bis dahin kaum verändert und handelte, wie ich als Kind in Krisensituationen gehandelt habe. Einerseits mit Schuldgefühlen und andererseits mit Unsichtbarmachen, Verkriechen und Schweigen. Innerlich litt ich schwere Qualen, aber es gab keinen, dem ich sie anvertrauen konnte. Mein Mann war bis dahin mein Vertrauter gewesen, aber mit ihm konnte ich jetzt nicht darüber reden, denn er war ja sauer auf mich und das mit recht, wie ich dachte.

Mein Problem war, dass ich mich damals ständig für alles verantwortlich fühlte und gefühlt an allem Scheitern und Versagen schuld war. Jesus wurde mein Vertrauter und bei ihm heulte ich mich regelmäßig aus und überschüttete ihn mit meinem ganzen Kummer. Heimlich natürlich, denn es sollte ja keiner merken, wie schlecht es mir ging. So funktionierte ich tagsüber einigermaßen, war die treusorgende Ehefrau und Mutter und nachts konnte ich den Tränen endlich freien Lauf lassen. Als ich die Spannung nicht mehr länger ertragen konnte, beschloss ich, einen allerletzten Versuch zu starten.

Ich wollte endlich wissen, was eigentlich los war, ob mich mein Mann nicht mehr liebte, und wie er sich die weitere Zukunft vorstellte, denn so konnte es nicht mehr weitergehen.

Ich lud ihn also an einem Sonntagnachmittag zu einem gemeinsamen Spaziergang ein. Nur wir zwei. Ich stellte ihm endlich die entscheidende Frage und wollte wissen, warum er nicht mehr mit mir sprach. Seine Antwort darauf erschütterte mich: »Ich war der Meinung, du betrügst mich!«

Auf die Frage, wie er denn auf den Gedanken käme, erzählte er: »Als es darum ging, wann wir uns im Verein das nächste Mal treffen könnten, sagte ich in die Runde, dass ich mittwochs keine Zeit hätte, da meine Frau zum Bibelgesprächskreis ginge. Da meinte einer, der mit in der Runde saß und der in der evangelischen Diakonie tätig war, dass es diese ‚angeblichen' Bibelgespräche, die du regelmäßig mittwochs aufsuchst und an denen ich auf die Kinder aufpassen sollte, gar nicht gäbe, das müsse er ja wissen. Das sei doch sicher nur ein Vorwand.«

Nach dieser Behauptung, die mein Mann nicht einmal prüfte, war er von meinem Fremdgehen überzeugt. Er beobachtete mich, wenn ich mittwochs aus dem Haus ging und dann später ganz aufgewühlt und glücklich nach Hause kam. Alles deutete in seinen Augen auf einen anderen Mann hin. Und so entschied er, mich nicht mehr anzuschauen oder mit mir zu reden. Auf die Idee, dass der Bekannte einfach aus seiner eigenen Erfahrung heraus unsere Situation beurteilt hatte, war mein Mann gar nicht gekommen. In unserem Gespräch konnte ich das Missverständnis klären. Aber ich war entsetzt, wie es einem Gerücht beinahe gelungen wäre, unsere Ehe zu zerstören.

An diesem Nachmittag erzählte ich ihm endlich auch von meinen Erlebnissen mit Gott, meinen Träumen und Visionen, die sich für Außenstehende etwas schräg anhören mussten, aber eben einen guten Teil meines Lebens ausmachten.

Damit hatten wir wieder einen vorsichtigen Neuanfang gemacht. Als Konsequenz beschlossen wir, in Zukunft mehr über unsere Empfindungen zu reden, bevor es wieder zu einem so dramatischen Zustand kommen könnte. Es gelang uns natürlich nicht sofort. Wir hatten auch weiterhin unausgesprochene Situationen und unser Schweigen war noch immer die größte Schwäche unserer Ehe.

Tagebuch, Donnerstag, 11. März 2004:

Bin vor Gott wie ein Blatt im Wind. Mal dahin, mal dorthin geblasen. In einer Ecke dem Regen ausgesetzt oder vom Schnee bedeckt. Oder von den Reifen eines Fahrrades überrollt.

Mal hüpft ein Kind auf mir herum, weil es so schön rauscht und knistert. Das ist noch schön. Bin vor Gott wie ein Blatt im Wind. Kann nirgendwo allein hingehen und lass mich treiben vom Wind.

Häng nicht mehr am Baum, bin ohne Halt, weit, weit weggetrieben von meinem Stamm. Fort von Freunden und Verwandten, weit, weit fort. Kann nichts tun.

Bin hilflos und kraftlos und teilnahmslos, lass alles mit mir machen ohne Widerstand.

Bin nur ein Blatt im Wind.

Brotgeschichten

Es steht geschrieben: »Der Mensch lebt nicht vom Brot allein, sondern von einem jeden Wort, das aus dem Mund Gottes geht.«

Matthäus 4,4

Von dem Moment an, als ich meinen späteren Mann kennenlernte, spielte für mich die Vergangenheit keine Rolle mehr. Ich begann, in der Gegenwart und auf die Zukunft hin zu leben. Ich schmiedete Pläne, gründete eine Familie und war vollauf damit beschäftigt, ständig Neues zu lernen und alle Aufgaben zu bewältigen, die sich mir stellten.

Sehr viel später erst, unsere drei Kinder waren inzwischen aus dem Gröbsten raus und gingen zur Schule, da holte mich meine Vergangenheit langsam wieder ein.

Erst waren es besondere Momente, in denen ich außergewöhnlich reagierte, die mich zum Nachdenken brachten. Meine unangemessenen Reaktionen auf eigentlich harmlose Begegnungen gaben mir zu denken: Ich konnte mit einem Schlag in Tränen ausbrechen und war unfähig, mich zu wehren oder irgendein Wort zu sagen. Fühlte mich plötzlich zu Unrecht beschimpft und schlüpfte automatisch in die Rolle eines kleinen, wehrlosen Kindes.

Ich erinnere mich an eine an sich harmlose Begegnung in einem Elektrofachgeschäft: Ich hatte lange Zeit die Angewohnheit, für unsere Familie eigenes Brot zu backen. Dazu hatte ich einen großen Brotbackofen in unserem Keller stehen mit einem Schamottstein, in den ich insgesamt neun Brote hineinschieben konnte. Freitags kam regelmäßig auch eine Frau und kaufte bei mir frisches Brot. Das ganze Haus duftete nach Frischgebackenem und später erinnerte sich auch eine Freundin unserer Tochter daran, dass es bei uns immer nach frischem Brot duftete. Ich hatte mir auch angewöhnt, um Gottes Segen für das Brot zu bitten: »Herr, segne dieses Brot und alle, die davon essen.« So waren in etwa meine Worte, bevor der fertige Teig in den Ofen geschoben wurde.

Zugegeben, es machte mir Spaß und der Familie schmeckte es. Meistens gab es auch noch große Bleche voll Pizza oder eigene Brezeln. Um das Ganze fertigzustellen, und damit nichts schieflief, war ich natürlich auf verschiedene Hilfsmittel angewiesen. Eines davon war meine uralte Knetmaschine von Bosch, die ich geschenkt bekommen hatte.

Dieses ‚Dinosauriergerät' war noch aus Metall, statt aus Plastik und schaffte es ohne weiteres, die Teigmasse aus zwei Kilo Mehl plus Zutaten umzurühren. Eines Tages aber gab das gute Stück keinen Pieps mehr von sich. Da blieb mir nichts anderes übrig, als mit der Maschine zum Elektrofachhändler zu fahren, um sie reparieren zu lassen. Die Menschen dort waren natürlich nicht erfreut, so alten Sachen zu reparieren, sie hätten mir viel lieber eine funkelnagelneue Maschine verkauft. Aber das kam für mich nicht infrage. Eine neue zu kaufen, wäre einfach zu teuer gewesen. So ließ ich sie in ihrer Obhut und wir vereinbarten, dass ich in ein paar Tage wieder vorbeischauen würde.

Der Tag kam und ich ging froh gelaunt in das Geschäft und fragte nach meiner Patientin. »Ja«, sagte man mir, »die Maschine ist fertig!« Ich war voller Vorfreude, bezahlte meine Rechnung und war schon fast bereit zu gehen. Vorher aber inspizierte ich das gute Stück noch einmal und stellte fest, dass ein kleines, aber wichtiges Teilchen fehlte. Es war nur ein Stöpsel, aber ohne den wäre die Maschine nutzlos.

Ich ging auf den nächstbesten Mitarbeiter zu und erklärte ihm freundlich, dass mir noch ein Stück zu meiner Maschine fehlte. Der nächstbeste Mitarbeiter, den ich ansprach, war der Seniorchef und er hatte eindeutig nicht seinen besten Tag. Erst suchte er noch danach und fragte auch noch einen anderen Mitarbeiter, aber als der auch nichts finden konnte, polterte er plötzlich völlig cholerisch und lauthals los und goss eine ganze Schimpfsalve über mich aus: »Wahrscheinlich haben Sie das Teil gar nicht mitgeliefert. Bestimmt haben Sie den Stöpsel daheim ins Klo geworfen und verschwinden lassen!« Und das in einem solch anklagenden Ton und einer Lautstärke, dass sämtliche Kunden auf uns aufmerksam wurden.

In mir explodierte plötzlich etwas und ein Ventil, das lang geschlossen war, öffnete sich völlig unkontrolliert. Ich rannte mit meiner Maschine unter dem Arm heulend aus dem Laden. Kein Ton kam mehr über meine Lippen. Ich war so schockiert, dass ich mich mit tränennassen Augen ins Auto setzte. Ich konnte mich auch zu Hause kaum beruhigen. So etwas war mir schon lange nicht mehr passiert.

Als mir bewusst wurde, was da vor sich gegangen war, kam mir der Gedanke an meine längst vergangene Kindheit. Die Situation erinnerte mich so an meinen Vater. Es kam mir zum Bewusstsein, dass ich oft zu Unrecht für etwas angeschrien worden war, an dem ich keine Schuld hatte. So etwa musste sich das damals angefühlt haben. Bewusst war es mir nicht, aber meine Reaktion auf diesen hysterischen Ausbruch des Mannes ließ das auf jeden Fall vermuten. Übrigens hat am Nachmittag desselben Tages ein anderer freundlicher Mitarbeiter der Firma bei mir angerufen und mir mitgeteilt, dass sie das fehlende Puzzlestückchen gefunden hatten und ich es abholen könne. Bis dahin hatte ich mich etwas beruhigt, aber ich ging trotzdem mit zitternden Knien und klopfendem Herzen zurück und nicht ohne Angst, dass ich dem anderen Mann wieder begegnen könnte.

Noch eine Brotbackgeschichte aus dieser Zeit kommt mir in den Sinn: Es war ein ganz normaler Freitagmorgen. Mein Mann war bei der Arbeit und unsere drei Kinder waren noch in der Schule. Ich wollte an diesem Morgen Brot backen, wie ich es oft am Freitagmorgen tat. Und nebenher wollte ich mir einen Vortrag auf einer Kassette anhören. Keine große Sache also. Doch während ich den Vortrag anhörte, passierte etwas, mit dem ich zwar schon immer malgerechnet hatte, aber sicher nicht, dass es mich wie ein Blitz aus heiterem Himmel anspringen würde. Plötzlich fand ich mich laut heulend, jammernd, klagend und schluchzend irgendwo in einer Ecke auf dem Küchenboden. Beide Hände klebrig und voller Mehl von dem Brotteig, mit dem ich gerade beschäftigt gewesen war.

Was war passiert, das so etwas auslösen konnte?

Der Referent auf der Kassette erzählte mit seinen Worten eine Geschichte aus der Bibel. Darin ging es um die Begegnung von Jesus mit den trauernden Schwestern Maria und Martha. Ihr Bruder Lazarus war vor drei Tagen gestorben und Jesus war nicht da, um ihm zu helfen. Und die Schwestern waren der Meinung, dass er kam, um mit ihnen zu trauern, denn Lazarus war auch sein Freund. So deuteten sie vielleicht sein bewegt sein und seine Tränen. Er aber hatte einen völlig anderen Auftrag. Und sie erschraken, als er zum Grab von Lazarus ging und verlangte, dass es geöffnet wurde. Sie wollten ihn davon abhalten, denn sie hatten sich damit abgefunden, dass ihr Bruder tot war. Jesus aber nicht. Er stand da wie ein Fels in der Brandung, umringt von vielen trauernden Menschen. Dann rief er mit lauter Stimme: »Lazarus, komm raus!« Aber statt: »Lazarus, komm raus!«, klang es laut in meinen Ohren wie: »Doris, komm raus!«. Im Befehlston.

Wie konnte das sein?

Und nochmals: »Doris, komm raus!«

Dieses innere Bild zwang mich in die Knie und ich hatte das Bedürfnis, mich vor Jesus zu verstecken. Wie absurd! Wer könnte sich jemals vor Jesus verstecken?

Es war, als würde Jesus persönlich mich zu sich rufen. Der Kern der Aussage war, dass Jesus mich liebt. Trotz all meinem Schlechtsein, meinem Verletztsein, meinem Beschmutztsein.

Und ich wusste, dass es stimmte, dass Gott es ernst mit mir meinte.

Ich schämte mich so sehr vor ihm, fühlte mich plötzlich nackt, all meines Schutzes beraubt und kaum fähig und in der Lage aus meinem Versteck herauszukriechen, so sehr schämte ich mich. Einen Moment lang war ich sogar versucht, unter die Eckbank zu kriechen, um noch weniger gesehen zu werden. Aber Gottes Liebe, seine warme, mütterliche, ehrliche Liebe drang doch zu mir vor und er sagte zu mir: »Ich hab dich lieb.«

Ich war einfach erschüttert, dass er wirklich mich meinte. Ich schaute vorsichtshalber um mich, nach rechts und nach links, aber da war keiner, er meinte wirklich mich. Mit all meinem Schmutz, mit all meiner Angst und Scham, mit all meiner Unmündigkeit, Wertlosigkeit, Lieblosigkeit.

Gott sprach mich wirklich an. Ich wusste genau, jetzt ging es nicht um andere, sondern ganz allein um mich. Seine Worte drangen unaufhörlich in meine Ohren: »Ich hab dich lieb.«

Das war mir ziemlich neu und fremd. Ich wollte mich nicht mit mir selbst beschäftigen und wollte auch nicht diese große Aufmerksamkeit von Gott. Er jedoch hielt mich in seinen Händen, wie einen verwundeten Vogel, den er eingefangen hat, ständig gut zuredend, weil er wusste, dass es zu dessen Bestem war.

Nur der Vogel wusste es nicht, denn er hatte nur Angst.

Gott hielt mich fest geborgen, wie diesen Vogel, liebevoll und fürsorglich und ich wusste, jetzt ist die Zeit für mich gekommen, geheilt zu werden. Gott hatte die Zeit bestimmt und ich wollte mich voll Vertrauen auf ihn, auf diese Heilung einlassen. Ich hatte keine Ahnung, was auf mich alles zukam, aber Gott trug mich. In seiner Hand war ich geborgen und konnte nicht fallen.

Danke Vater, für Deine große Liebe und Geduld mit mir, danke, dass Du mich in dem hohen Gras suchtest und nicht aufhörtest, bis Du mich fandest. Danke für Deine Rettung. Amen.

ER wollte mich vom Tod ins Leben rufen. Derweil liefen Tränen über mein Gesicht und verschleierten meinen Blick. Trotz klebriger Hände lag ich vor ihm auf den Knien und betete ihn an. Ich konnte nichts anderes tun, auch kein Taschentuch halten, denn mir waren buchstäblich die Hände gebunden.

Ich weiß nicht, wie viel Zeit vergangen ist, aber irgendwann war der Zauber vorbei und ich landete wieder in der Realität. Ich fand mich am Boden kniend mit teigigen Händen und dem Bewusstsein, dass ich gerade etwas ganz und gar Absurdes, Verrücktes, Außerirdisches erlebt hatte.

Dann arbeitete ich weiter, als sei nichts geschehen. Das Brot wurde pünktlich fertig.

Von meinem Erlebnis habe ich niemandem erzählt.

Die Begegnung war jedoch so real, dass ich mich auch heute noch deutlich an die Worte erinnern kann, die Jesus zu mir gesprochen hat.

Vielleicht war es auch der Beginn meines Heraustretens aus einer begrabenen Existenz in ein neues, lebendiges Leben im Licht. Bis ich das allerdings entdeckte, gingen noch einige Jahre ins Land.

Jesus aber sprach zu ihnen:
Ich bin das Brot des Lebens.
Wer zu mir kommt, den wird
nicht hungern; und wer an
mich glaubt, den wird
nimmermehr dürsten.

Johannes 6,35

Ungetröstet

Wenn mir das Herz schwer war von tausend Sorgen, hat mich dein Trost wieder froh gemacht.

Psalm 94,19

Nach und nach überholte mich meine Vergangenheit. Es erschreckte mich, als ich darüber nachdachte, dass ich in Wahrheit nichts über mein Leben wusste.

Irgendwann beschloss ich, mich nach Hilfe umzuschauen. Irgendjemand, der mich verstehen konnte und nicht nur der Meinung war, ich solle das einfach nicht so ernst nehmen. Für mich war es ernst und ich fing an, darunter zu leiden, dass ich alles aus meinem Bewusstsein gestrichen hatte, was jemals passiert war. Ich fühlte mich meiner Identität beraubt. Ich wusste nicht, wer ich war, denn es schmerzte mich ungefähr so, als hätte mir jemand ein Bein amputiert. Ich weiß, es war einmal da und sollte mir keine Schmerzen mehr verursachen, aber das tat es doch. Und wenn es nur der Schmerz darüber war, es überhaupt verloren zu haben.

Konnte ich wieder lernen, Empfindungen zuzulassen, auch wenn sie schmerzten?

Die Liebe kam scheinbar in mein Leben, als ich mit 16 meinen Mann kennenlernte. Ich nenne es Liebe. Das tue ich auch heute noch, über 40 Jahre nach unserem Kennenlernen.

Aber missbrauchte ich ihn damals nicht einfach für meine Zwecke? Ich klammerte mich an ihn. Nach jedem guten Wort von ihm sehnte ich mich, wie ein Ertrinkender nach einem rettenden Ufer oder wie ein Verdurstender nach dem lebenspendenden Wasser. Ich brauchte ihn und vielleicht missbrauchte ich ihn für meine eigensüchtigen Zwecke.

Ich bin ihm für jedes Wort, für jedes Lachen für jedes entgegengebrachte Vertrauen, für unbeschwerte Fröhlichkeit, die ich bis dahin nicht kannte, unendlich dankbar.

Tagebuch, Samstag, 27. Januar 2001:

Ich fühle mich tot wie die Tochter des Jairus; oder in den Geburtswehen oder wie eine Zwiebel, die geschält wird.

Ich habe Angst, mich überhaupt darüber zu äußern, dass es mir nicht gut geht.

Ich schäme mich dafür, dass es mir so geht, wo ich doch eigentlich glücklich sein sollte.

Ich wundere mich, dass ich so traurig bin und meine ganze Fröhlichkeit verloren habe.

Ich fühle mich schuldig in meiner Traurigkeit, weil ich doch alles habe, was man sich wünschen kann.

»Jesus, vielleicht bin ich tatsächlich das Dornröschen hinter der Dornenhecke. Dass Du bei mir warst, hat mich bis jetzt am allermeisten getröstet.«

Verlorengegangenes wiederzufinden und mit Jesus schließlich ans Tageslicht zu kommen, dies war das Ziel dieses Buches hier.

Mich damit zu beschäftigen, hat mich viel gelehrt. Bemerkenswert ist die Tatsache, dass ich im Rückblick erkennen darf, dass Jesus gerade die Zeiten, in denen ich mich im Dunklen aufhielt, genutzt hat, um mir in besonderer Weise zu begegnen. Durch unzählige Träume und Visionen sprach er zu mir und er tut es noch immer.

Seit ich mich ganz bewusst für ein Leben mit IHM entschieden habe, nahm er in meinem Bewusstsein den ersten Platz ein, egal, wohin ich mich bewegte, ob ich ins Flugzeug oder in den Zug stieg, ob ich unterwegs zur Arbeit war, oder mir ein unangenehmes Gespräch bevorstand, ob in der Beziehung zu anderen Menschen oder in der Kindererziehung. Selbst beim Kochen oder unter der Dusche war er mein erster Ansprechpartner. Immer wusste ich ihn mir näher als die Luft zum Atmen.

Der Unterschied zu jener Zeit, bevor mir seine Allgegenwart bewusst wurde, ist einzig und allein der, dass ich schlicht nicht wusste, dass er da war. Aber jetzt weiß ich es! Jesus hat mich keine Sekunde meines Lebens allein gelassen. Wenn ich einsam, traurig und verzweifelt war, weinte er mit mir.

Ich glaube seinem Wort, wenn er sagt: »Ich werde alle eure Tränen abwischen!« Dass er mich in meinen Ängsten und Empfindungen ernst nahm, war ein Zeichen seiner besonderen Fürsorge. Noch immer zeigt er mir Szenen und Ereignisse aus meiner Kindheit. Immer aber in homöopathischen Dosen, sodass ich das, was ich da zu sehen bekomme, verkraften kann. Da er alles hautnah miterlebte, weiß ich, dass es nicht allein meiner Phantasie entspringt, sondern, dass es tatsächlich geschah.

Hier noch ein aktuelles Beispiel, das ungefähr zeigt, in welcher Zwickmühle ich mich als Kind befand:

Tagebuch, Mittwoch, 27. Februar 2019 – 6:30 h

Der Traum vom geprügelten Hund

Unverhofft und überraschend steigt ein Bild aus der Vergangenheit an die Oberfläche.

Im Traum kommt einem alles so natürlich vor. So als wäre das, was man sieht und erlebt, das Natürlichste von der Welt. Erst wenn man aufwacht und darüber nachdenkt, erkennt man das völlig Absurde, Unnatürliche der geträumten Situation.

Ich hatte mal wieder so einen Traum. Ich war in Eile. Ich sollte zum Bahnhof, musste einen Zug erreichen. Da beobachtete ich eine seltsame Szene. Ich sah einen Hund vor einem Mann und einer Frau sitzen. Dieser Hund war darauf ausgerichtet, ein Ziel zu erreichen. Dafür wurde er von beiden geprügelt, geschlagen und gequält. Er saß da, ertrug alles und lief dann los, um sein Ziel zu erreichen. Seine Herrchen waren zufrieden.

Das war der Traum. Ich dachte noch im Traum: »Warum lässt sich dieser Hund das alles gefallen? Er hat doch Zähne, er hätte sich wehren können!«

Dann wachte ich so langsam auf. Meine Gedanken erwachten und blieben bei diesem Hund hängen. Und er tat mir so leid. Ich hätte ihm so gern geholfen, aber ich wusste nicht, wie. Auch die Menschen im Traum, die das alles beobachteten, konnten ihm nicht helfen. Keiner griff ein. Man hätte jetzt nicht behaupten können, dass die beiden ihren Hund nicht mögen würden. Nein, gar nicht. Aber sie wussten, dass er sein Ziel, ihr gestecktes Ziel, nur erreicht, wenn er geprügelt und geschlagen wird. Das fanden sie das Natürlichste von der Welt und auch der Hund hätte sich nichts anderes vorstellen können. Er kannte nichts anderes, als geprügelt zu werden, um das Ziel zu erreichen. So hielt er still und ließ alles über sich ergehen, bevor er loslief. Ihm kam auch nicht in den Sinn, sich zu wehren. Er war sich seiner scharfen Zähne nicht bewusst. Ich musste weinen, weil er mir so leidtat und ich ihm nicht helfen konnte.

Dann kam mir meine eigene Kindheit in den Sinn und ich erkannte die Parallelen. Ich selbst war der Hund in diesem Traum. Ich schaute also auf mein eigenes Leben zurück und musste darüber weinen, was mit mir geschehen war und darüber, dass mir kein Mensch helfen konnte.

Die Herrchen in dem Traum waren meine Eltern und sie hatten ein Ziel für mich: Ich sollte essen! Um dieses Ziel zu erreichen, mussten sie mich schlagen, prügeln und quälen. Nicht, dass sie mich nicht gerne gehabt hätten, aber es gab ein größeres, ein übergeordnetes Ziel und das hieß: Essen. So saß ich also vor ihnen, wie dieser Hund und ließ mich schlagen. Ich kannte es nicht anders und ich wusste nichts anderes, darum war es für mich auch nichts Ungewöhnliches. Darum war ich auch nicht wirklich wütend über ihr Verhalten. Ich dachte, es müsste so sein, dass ich zum Essen geschlagen werde. So war alles in bester Ordnung. Es kam mir nicht in den Sinn, mich zu wehren.

Sie waren schließlich meine Eltern, sie mussten wissen, was gut für mich war. Und sie freuten sich ja immer, wenn ich das Ziel erreichte. Also war es richtig so.

Jetzt, mit Abstand betrachtet, spüre ich den Schmerz, der für mich als Kind, wohl keine Rolle spielte. Und ich frage mich heute ernsthaft, ob ich wirklich gefühllos war. Spürte ich nichts? Berührte es mich wirklich nicht, ständig, und ich meine wirklich ständig, geschlagen zu werden? Zu jedem Essen als Vorspeise quasi, eine Tracht Prügel zu beziehen? War ich wirklich so abgebrüht? Konnte denn ein Kind wirklich so kalt und gefühllos sein?

Ich glaube nicht. Es ergibt einen Sinn, dass das Kind auf der Treppe sitzen blieb. Ich ziehe mich aus, wie man ein paar Schuhe auszieht und vor der Türe stehen lässt, bevor man die Wohnung betritt, und ich lasse mich draußen stehen, während die Hülle hineingeht, wo sie Schreckliches erwartet. Aber es ist nur die Hülle, die Prügel bezieht. Und draußen bleiben ist auch keine Option, denn das verschärft den Ärger noch mehr. Also muss ich praktisch hinein in die Hölle.

Es war wohl so etwas wie die Hölle für mich. Denn Hölle ist der Ort, wo Heulen und Zähneknirschen ist und wo wir gequält werden. Das war also meine ganz persönliche Hölle. Der Ort, wo mein Zuhause war. Zu dem ich immer zurückkehren musste, wenn ich vom Kindergarten oder von der Schule nach Hause kam.

Der Ort, wo ich wohnte, schlief und aß und an dem meine Eltern und meine Geschwister wohnten. Kein Wunder, dass mir hier der leibhaftige Teufel erschienen ist. Damals aber, in meiner Kindheit, wäre mir nicht in den Sinn gekommen, dass an dem Verhalten meiner Eltern irgendetwas falsch war. Ich war auch nicht bewusst wütend auf sie, zornig oder ärgerlich. Ich hätte auch nicht gewusst, wie ich mich hätte wehren sollen. Meine einzige Reaktion war mein Schweigen. Und das war im Nachhinein betrachtet das Natürlichste, denn mein wahres Innerstes saß ja auf der Treppe und drinnen war nur meine leere Hülle. Nun, wenn ich darüber nachdenke, tut mir dieses Kind so leid und ich komme aus dem Weinen kaum heraus.

Und seltsamerweise muss ich an Jesus denken, der nach seiner Gefangennahme im Garten des obersten Priesters so gequält wurde. Er wurde geschlagen, mit spitzen Speeren wurde auf ihn eingestochen, einen dornigen Kranz bekam er auf sein Haupt gesetzt, der fürchterlich schmerzen musste und den noch ein paar Täter festdrückten, dass das Blut von seinem Kopf rann und sich in seinen Haaren verklebte. Er wurde verspottet und verhöhnt und er tat nichts und sagte nichts. Ließ alles über sich ergehen. Und keiner, wirklich keiner kam ihm zu Hilfe. Da waren doch genug Menschen um ihn herum. Sogar seine Jünger waren da. Hatte denn keiner Mitleid? Konnten sie wirklich all das mit ansehen, ohne einen Finger zu rühren? Ich kann es kaum glauben. Und es rührt mich zu Tränen. Ich schäme mich aber auch. Wie kann ich es wagen, mich mit Jesus zu vergleichen. Aber die Frage muss erlaubt sein. Warum hat mir damals keiner geholfen, warum haben Menschen einfach nur zu geschaut?

Vielleicht liegt aber auch hier wieder die Parallele: Die Menschen um Jesus, in deren Gewalt er war, waren der Meinung, einen Übeltäter vor sich zu haben. Einen Verbrecher, einen, der nur Böses und Schlechtes im Sinn hatte und er es nicht anders verdiente. Sie machten sich ihr Bild von ihm. Wäre er kein schlechter Mensch gewesen, wäre er nicht hier in den Fängen der Justiz und in der Gewalt von Soldaten gelandet.

Vielleicht waren die Menschen in meiner Umgebung auch der Meinung, ich hätte diese Behandlung verdient. Mein Verhalten hätte keine andere Behandlung zugelassen und es war rechtens, mich zu quälen, weil ich unfolgsam und ungezogen war. »Du sollst deinen Vater und deine Mutter ehren, auf dass du lange lebst.«

Kann ich denn nun überhaupt darüber schreiben und davon erzählen, ohne meine Eltern an den Pranger zu stellen, ohne sie öffentlich bloß zu stellen? Ich weiß es nicht.

Ich danke Gott für diese neue Sicht meiner eigenen Geschichte. Ich danke Dir, Gott, dass ich tatsächlich Mitleid empfinde und nicht so kalt und gefühllos bin, wie ich mich wohl damals immer sah. Danke, Gott, Du warst dabei. Du sahst alles und kennst die Wahrheit. Danke, Vater, Sohn und Heiliger Geist.

Der weite Weg zum Licht

Gott, jetzt habe ich neuen Mut gefasst, voller Vertrauen blicke ich in die Zukunft. Darum will ich singen und Dir danken, Herr.

Psalm 57,8

Immer wieder bin ich erstaunt darüber, wie viel Mitleid ich für die verschiedenen Wesen in meinen Träumen aufbringe. Was sie durchmachen müssen, schmerzt mich und sie tun mir so von Herzen leid. Es ist, als würde ich Stück für Stück in die Freiheit, durch ein unterirdisches, unbekanntes Labyrinth geführt. Ausgerüstet mit einem Licht, das niemals erlöscht, geführt von einem, der den Weg genau kennt. Urplötzlich kommt man wieder um eine Kurve und steht auf einer Lichtung, in der zusätzliches Licht von oben durch einen Spalt fällt. Ich habe entschieden, weiterzugehen und nicht stehen zu bleiben. Ich vertraue dem, der mich führt, voll und ganz.

In diesen Tagen, während ich mit dem Schreiben dieses Buches beschäftigt bin, ist im Alter von 85 Jahren meine Mama gestorben. Wir Schwestern durften sie auf ihrem letzten Weg begleiten und ich bin dankbar, dass wir uns in Frieden und versöhnt von ihr verabschieden konnten.

In meinem letzten Gespräch mit ihr, als sie ganz kurz noch einmal zu Bewusstsein kam, fragte sie mich: »Gibt es noch irgendetwas zu tun? Müssen wir noch etwas erledigen?«

Da konnte ich ihr voller Überzeugung sagen: »Nein, Mama, es ist alles gemacht. Und du hast es gut gemacht. Es war nicht alles perfekt und es waren auch Fehler dabei, aber du hast alles gut gemacht. Weißt du, sonst wären wir nicht hier bei dir. Das ist allein dein Verdienst.«

Das hat sie beruhigt und sie konnte in Frieden einschlafen. Immer bemerkte sie voll Kummer, wie oft Familien zerstritten waren und viele Kinder ihre Eltern nicht mehr besuchten. Es tat uns allen gut, dass wir in der Zeit des Abschiednehmens bei ihr waren.

Ihr zur Ehre möchte ich noch einen Brief anfügen, den ich ihr zum 70sten Geburtstag schrieb, und der von der Liebe Gottes zu ihr erzählt.

Brief vom 21. November 2004

Allerliebste Mama!

Ich habe dir ja schon angekündigt, dass ich dir einen Brief schreiben werde. Diese Woche erlebte ich etwas, was das einfach nötig macht. Ich weiß gar nicht so genau, wie ich es dir erklären soll, aber es war so, als hätte mir Gott ein kleines Stückchen seines Herzens offenbart.

Der Grund und der ganze Inhalt dieser ‚Offenbarung' warst ganz alleine du, Mama.

Gott hat mir seine ganze Wertschätzung für dich gezeigt.

Ganz besonders liebt er dein Schweigen, er achtet dich dafür, dass du noch nie schlecht über Papa geredet hast. Er hat dich je und je geliebt und er war mit dir in den Zeiten deiner allergrößten Not.

Keine Träne, die du jemals geweint hast, ist bei ihm verloren. Er hat deine Schmerzen gesehen und wie du trotzdem immer treu geblieben bist.

Seine ganze Liebe gilt dir und er gibt dir Würde und Ansehen.

Du kannst dir denken, wie überwältigend diese Sichtweise für mich war. So viel Liebe und Würde, die dir da von Jesus entgegengebracht wurde, ist kaum auszuhalten.

Für mich war es natürlich zutiefst beschämend. Ich habe mich für all meine Fehler so sehr geschämt. Nun möchte ich dich einfach um Vergebung bitten, für alles, mit dem ich an dir schuldig geworden bin. Wenn ich dich durch mein Reden verletzt habe, vergib mir bitte. Wo ich dir keine Achtung entgegenbrachte, bitte ich dich um Vergebung. Ich bitte dich, vergib mir jegliche schlechte Gedanken, Worte und Taten. Gott zeigte dich mir in einem neuen Licht, aus einer neuen, göttlichen Sicht.

Ich möchte, dass du weißt, wie Gott dich sieht und ansieht.

Es ist gewiss nicht meine, sondern Gottes Sichtweise.

Ich wünsche mir so sehr für dich, dass dich dieser Brief, diese gute Nachricht, berührt und aufrichtet. Ich wünsche mir, dass diese neue Würde in deinem ganzen Wesen für alle Menschen sichtbar wird.

Ich bin Gott auch so dankbar, dass er mir das Ganze genau eine Woche vor deinem 70. Geburtstag zeigte.

Ich mache dir Mut, Mama, glaube niemandem, der dir irgendetwas Schlechtes sagt oder dich entmutigen möchte. Glaube vielmehr dem, was Gott, zu dir sagt: »Fürchte dich nicht, denn *ich habe dich bei deinem Namen gerufen. Du bist mein!« Jesaja 43,1*

Schuld hat er auf sich genommen und getilgt. Wenn aber er dich freispricht, wer sollte dich dann noch verurteilen?
Liebste Mama, ergreife deine Freiheit. Freue dich und juble. Das ist wahrhaft ein Grund zum Feiern.

Ich danke dir so von Herzen für alles, was du Gutes für meine Schwestern, für Papa und auch mich getan hast. Ich hab dich ganz, ganz, arg lieb.

Sei herzlich umarmt von deiner Tochter Doris.

Diesen Brief zu schreiben, war wie so vieles eine Auftragsarbeit von Gott. In diesem Sinne ist es mir nicht schwergefallen, den Auftrag auszuführen.

Überhaupt erfülle ich gern Aufträge, die Gott mir gibt. Auch dieses Buch gehört in gewisser Weise dazu. Es entstand nach und nach in meinem Leben. Anfangs sehr zögerlich und holprig, sodass meine Unsicherheit noch deutlich herauszulesen ist. Das darf auch so sein. Am Ende soll das zu spüren sein, was mir das Überleben gesichert hat, mein Vertrauen auf Gott, Jesus und den Heiligen Geist.

Aber der Tröster, der Heilige Geist,
den mein Vater senden wird
in meinem Namen, der wird euch
alles lehren und euch an alles erinnern,
was ich euch gesagt habe.

Johannes 14,26

Der Beginn meiner Reise in die Vergangenheit war das plötzliche Realisieren, wo ich mich befand. Wie nach einem langen, tiefen Schlaf wachte ich aus einem Zustand der Bewusstlosigkeit auf und öffnete meine Augen. Ich erwachte im Dunklen und mein Blick fiel auf die dicke Scheibe eines Aquariums.

Seitdem habe ich mich auf den Weg gemacht, auf der Suche nach einem Ausweg aus diesem Labyrinth. Unzählige Türen habe ich geöffnet und hinter manch dicke Mauer geschaut. An tiefen, unergründlichen Abgründen hat mich mein Weg vorbeigeführt.

Nun bin ich so weit, dass das Tageslicht sichtbar ist. Noch ist es zu hell, meine Augen müssen sich erst an das Licht gewöhnen. Aber die Mühe hat sich gelohnt. Ich verlasse diese unterirdische, dunkle Welt und bin neugierig auf das Leben im Licht.

Ich konnte nicht alle Geheimnisse meiner Vergangenheit lüften. Das Innere der Wohnungen, in denen ich einst lebte, hat sich mir noch immer nicht erschlossen, aber das ist inzwischen nicht mehr so schlimm. Wichtig ist, dass ich mich damit auseinandergesetzt habe, weshalb es so weit kommen konnte.

Ich bin mit meiner Vergangenheit versöhnt.

Aus den drei Wesen wurde eines: Ich, Doris, versöhnt mit Gott und den Menschen.

Keinen meiner Schritte ging ich allein, immer war Gott mit dabei.

Mein Taufvers war mir lange Zeit wie ein Satz aus einer Fremdsprache, die ich nicht verstand:

Der Heilige Geist, der segne dich, bewahr dich allezeit.
Sein heiliger Nam behüte dich, schütz dich vor allem Leid.

*A*us einem Kirchenlied von Johann Mathesius, Nürnberg 1559

Was sollte ich auch mit dem Heiligen Geist anfangen, der mich anscheinend beschützen sollte? Ein völlig absurder Gedanke!

Bis ich erkannte, was es mit dem dreieinigen Gott auf sich hat: Gott Vater, Jesus, Gottes Sohn und der Heilige Geist sind eins.

Wo ich bin und war und sein werde, ist auch der Heilige Geist präsent, der mich allezeit bewahren und beschützen sollte. So macht die Zusage durchaus Sinn. In der tiefsten Tiefe, in der dunkelsten Dunkelheit, war der Heilige Geist in mir lebendig. Er hat mich getröstet, wenn es allzu schwer für mich war und umgab mich mit göttlicher Liebe. Er zeigte mir Jesus, um den sich alles dreht.

Wenn ich Jesus‘ Erlösungswerk annehme, bin ich auch bereit, mein altes Leben hinter mir zu lassen und auf das zu schauen, was vor mir liegt. Ich lerne das Gebet, das Jesus uns gelehrt hat, und setzte es Wort für Wort in die Tat um.

Gott, Vater im Himmel und auf Erden, bete ich an. Ich danke für das Empfangene und bitte für das Zukünftige. Ich vergebe und weiß, dass auch meine Schuld getilgt ist. Jesus hat dafür bezahlt.

Das ist nicht immer leicht. Jesus sagt dazu Folgendes:

Dies habe ich mit euch geredet, damit ihr in mir Frieden habt. In der Welt habt ihr Angst; aber seid getrost, ich habe die Welt überwunden.

Johannes 16,33

Das ganze Geschehen zu verstehen und zu erfassen, hat mich der Heilige Geist gelehrt. Und er ist immer noch am Werk. Es gibt Momente, in denen ich von seiner Liebe überwältigt bin.

Ich halte still und lasse zu, von diesem großen Gott geliebt zu sein. Immer wieder bin ich davon überrascht, dass er wirklich mich meint, und ich erlebe eine unbändige Freude.

Denn sein ist das Reich und Kraft und die Herrlichkeit in Ewigkeit. Amen!

Zum Schluss

Dass dieses Buch entstanden ist, betrachte ich als Wunder.

Erste Impulse zur Umsetzung kamen von lieben Therapeuten. Viele Jahre habe ich daran gefeilt und gebastelt. Es in die richtige Form zu bringen, war für mich eine echte Herausforderung. Dazu brauchte ich die Hilfe von Menschen, die mir wohl gesonnen waren.

Die einen haben mir gute und entscheidende Tipps gegeben, wie ich manche Situationen richtig beschreibe, haben mir Literatur empfohlen und Bücher, die mir weitergeholfen haben, Dinge in einem anderen Licht zu betrachten. Andere haben sehr viel Zeit investiert, um dem Ganzen grammatikalisch den richtigen Schliff zu geben. Ebenso gibt es Menschen, die mich ermutigt haben, wenn ich aufgeben wollte, wenn das Projekt für mich schon verloren schien.

Dann kam wieder ein Anruf, ich fasste neuen Mut und machte mich wieder an die Arbeit. Schließlich war es Sabine, die das Ganze dann in die Hand nahm und dafür sorgte, dass schließlich ein erstes gedrucktes Buch entstand. Frau Al Mana und Frau Ronnenberg gaben dem ganzen dann den richtigen Schliff und machten das Buch reisefertig. All diesen Menschen möchte ich von ganzem Herzen danken. Sie waren meine Stütze und Ermutigung, von Gott an meine Seite gestellt.

Von Robert Louis Stevenson, dem Autor der ‚Schatzinsel' stammt das folgende Abendgebet, mit dem ich mein Aufgeschriebenes beenden möchte:

O Herr, blicke gnädig herab auf mich und die Meinen.
Wir danken dir für die Liebe, die uns verbindet,
den Frieden, der uns heute beschieden,
die Hoffnung, mit der wir dem Morgen entgegensehen.
Reinige unsere Herzen von heimlichem Groll.
Gib uns die Gnade geduldig zu ertragen,
was uns auferlegt ist.
Gib uns, die wir selbst Missetäter sind, die Gnade,
Missetäter zu dulden und ihnen zu vergeben.
Hilf uns, die wir doch selbst oft gedankenlos sind,
die Gedankenlosigkeit unserer Mitmenschen
ohne Bitterkeit hinzunehmen.
Gib uns Mut, einen frohen Sinn und Seelenfrieden.
Erhalte uns, unsere Freunde und besänftige unsere Feinde.
Segne, so es dir gefällt, unser Tun, wenn aber nicht, gib uns die Kraft zu bestehen, was da kommt.
Deiner bedürftig, leih uns um Christi willen bei alledem deine helfende Hand.

Die Autorin

Doris Dieterle, Jahrgang 1958, ist verheiratet, lebt mit ihrem Mann in Süddeutschland und ist seit 20 Jahren in der Kirche Lindenwiese aktiv.

Nach einem Tagtraum wird sie aus ihrem Alltagstrott aufgeschreckt. Sie nimmt ihre Leser mit auf die spannende Suche nach ihrer Kindheit. Schritt für Schritt kommen verlorenen Erinnerungen ans Licht. Dabei lernt sie sich selbst neu kennen und entdeckt einen ganz besonderen Schatz.

Milton Keynes UK
Ingram Content Group UK Ltd.
UKHW040628310723
426074UK00001B/96

9 783757 828134